# 我这一辈子

老舍 著

民主与建设出版社
·北京·

©民主与建设出版社，2021

**图书在版编目（CIP）数据**

我这一辈子 / 老舍著. — 北京：民主与建设出版社，2021.6（2023.9 重印）
（老舍精品作品集；7）
ISBN 978-7-5139-3562-3

Ⅰ.①我… Ⅱ.①老… Ⅲ.①中篇小说—小说集—中国—现代②短篇小说—小说集—中国—现代 Ⅳ.① I246.7

中国版本图书馆 CIP 数据核字 (2021) 第 098739 号

**我这一辈子**
WOZHE YIBEIZI

| 著　　者 | 老舍 |
|---|---|
| 责任编辑 | 韩增标 |
| 封面设计 | 玥婷设计 |
| 出版发行 | 民主与建设出版社有限责任公司 |
| 电　　话 | （010）59417747　59419778 |
| 社　　址 | 北京市海淀区西三环中路 10 号望海楼 E 座 7 层 |
| 邮　　编 | 100142 |
| 印　　刷 | 三河市天润建兴印务有限公司 |
| 版　　次 | 2021 年 6 月第 1 版 |
| 印　　次 | 2023 年 9 月第 2 次印刷 |
| 开　　本 | 880 毫米 ×1230 毫米　1/32 |
| 印　　张 | 6.5 |
| 字　　数 | 135 千字 |
| 书　　号 | ISBN 978-7-5139-3562-3 |
| 定　　价 | 298.00 元（全 10 册） |

注：如有印、装质量问题，请与出版社联系。

# 目录

## 我这一辈子

一 ………………………………………………… 003
二 ………………………………………………… 006
三 ………………………………………………… 012
四 ………………………………………………… 017
五 ………………………………………………… 022
六 ………………………………………………… 028
七 ………………………………………………… 032
八 ………………………………………………… 039
九 ………………………………………………… 045
十 ………………………………………………… 047
十一 ……………………………………………… 052
十二 ……………………………………………… 059
十三 ……………………………………………… 065
十四 ……………………………………………… 068
十五 ……………………………………………… 072
十六 ……………………………………………… 076

# 文博士

| | |
|---|---|
| 序 | 085 |
| 第一章 | 086 |
| 第二章 | 093 |
| 第三章 | 102 |
| 第四章 | 109 |
| 第五章 | 117 |
| 第六章 | 124 |
| 第七章 | 131 |
| 第八章 | 138 |
| 第九章 | 145 |
| 第十章 | 152 |
| 第十一章 | 159 |
| 第十二章 | 167 |
| 第十三章 | 174 |
| 第十四章 | 182 |
| 第十五章 | 190 |
| 第十六章 | 198 |

# 我这一辈子

一

我幼年读过书，虽然不多，可是足够读七侠五义与三国志演义什么的。我记得好几段聊斋，到如今还能说得很齐全动听，不但听的人都夸奖我的记性好，连我自己也觉得应该高兴。可是，我并念不懂聊斋的原文，那太深了；我所记得的几段，都是由小报上的"评讲聊斋"念来的——把原文变成白话，又添上些逗哏打趣，实在有个意思！

我的字写得也不坏。拿我的字和老年间衙门里的公文比一比，论个儿的匀适，墨色的光润，与行列的齐整，我实在相信我可以作个很好的"笔帖式"。自然我不敢高攀，说我有写奏折的本领，可是眼前的通常公文是准保能写到好处的。

凭我认字与写的本事，我本该去当差。当差虽不见得一定能增光耀祖，但是至少也比做别的事更体面些。况且呢，差事不管大小，多少总有个升腾。我看见不止一位了，官职很大，可是那笔字还不如我的好呢，连句整话都说不出来。这样的人既能做高官，我怎么不能呢？

可是，当我十五岁的时候，家里教我去学徒。五行八作，行行出状元，学手艺原不是什么低搭的事；不过比较当差稍差点劲儿罢了。学手艺，一辈子逃不出手艺人去，即使能大发财源，也高不过大官儿不是？可是我并没和家里闹别扭，就去学徒了；十五岁的人，自然没有多少主意。况且家里老人还说，学满了艺，能挣上钱，就给我说亲事。在当时，我想象着结婚必是件有趣的事。那么，吃上二三年的苦，而后大人似的去耍手艺挣钱，家里再有个小媳妇，大概也很下得去了。

我学的是裱糊匠。在那太平年月，裱匠是不愁没饭吃的。那时候，死一个人不像现在这么省事。这可并不是说，老年间的人要翻来覆去的死好几回，不干脆的一下子断了气。我是说，那时候死人，丧家要拼命的花钱，一点不惜力气与金钱的讲排场。就拿与冥衣铺有关系的事来说吧，就得花上老些个钱。人一断气，马上就得去糊"倒头车"——现在，连这个名词儿也许有好多人不晓得了。紧跟着便是"接三"，必定有些烧活：车轿骡马，墩箱灵人，引魂幡，灵花等等。要是害月子病死的，还必须另糊一头牛和一个鸡罩。赶到"一七"念经，又得糊楼库，金山银山，尺头元宝，四季衣服，四季花草，古玩陈设，各样木器。及至出殡，纸亭纸架之外，还有许多烧活，至不济也得弄一对"童儿"举着。"五七"烧伞，六十天糊船桥。一个死人到六十天后才和我们裱糊匠脱离关系，一年之中，死那么十来个有钱的人，我们便有了吃喝。

裱糊匠并不专伺候死人，我们也伺候神仙。早年间的神仙不像如今晚儿的这样寒碜，就拿关老爷说吧，早年间每到六月二十四，人们必给他糊黄幡宝盖，马童马匹和七星大旗什么的。现在，几乎没有人再惦记着关公了！遇上闹"天花"，我们又得为娘娘们忙一阵。九位娘娘得糊九顶轿子，红马黄马各一匹，九份凤冠霞帔，还得预备痘哥哥痘姐姐们的袍带靴帽，和各样执事。如今，医院都施种牛痘，娘娘们无事可做，裱糊匠也就陪着她们闲起来了。此外还有许许多多的"还愿"的事，都要糊点什么东西，可是也都随着破除迷信没人再提了。年头真是变了啊！

除了伺候神与鬼外，我们这行自然也为活人做些事。这叫作"白活"，就是给人家糊顶棚。早年间没有洋房，每遇到搬家，娶媳妇，或别项喜事，总要把房间糊得四白落地，好显出焕然一新的气像。那大富之家，连春秋两季糊窗子也雇用我们。人是一天穷似一天了，搬家不一定糊棚顶，而那些有钱的呢，房子改为洋式的，棚顶抹灰，一劳永逸；窗子改成玻璃的，也用不着再糊上纸或纱。什么都是洋式好，耍手艺的可就没了饭吃。我们自己也不是不努力呀，洋车时行，我们就照样糊洋车；汽车时行，我们就糊汽车，我们知道改良。可是有几家死了人来糊一辆洋车或汽车呢？年头一旦大改良起来，我们的小改良全算白饶，水大漫不过鸭子去，有什么法儿呢！

## 二

　　上面交代过了：我若是始终仗着那份儿手艺吃饭，恐怕就早已饿死了。不过，这点本事虽不能永远有用，可是三年的学艺并非没有很大的好处，这点好处教我一辈子享用不尽。我可以撂下家伙，干别的营生去；这点好处可是老跟着我。就是我死后，有人谈到我的为人如何，他们也必须要记得我少年曾学过三年徒。

　　学徒的意思是一半学手艺，一半学规矩。在初到铺子去的时候，不论是谁也得害怕，铺中的规矩就是委屈。当徒弟的得晚睡早起，得听一切的指挥与使遣，得低三下四的伺候人，饥寒劳苦都得高高兴兴的受着，有眼泪往肚子里咽。像我学艺的所在，铺子也就是掌柜的家；受了师傅的，还得受师母的，夹板儿气！能挺过这么三年，顶倔强的人也得软了，顶软和的人也得硬了；我简直的可以这么说，一个学徒的脾性不是天生带来的，而是被板子打出来的；像打铁一样，要打什么东西便成什么东西。

　　在当时正挨打受气的那一会儿，我真想去寻死，那种气简直不是人所受得住的！但是，现在想起来，这种规矩与调教实在值金子。受过这种排练，天下便没有什么受不了的事啦。随便提一样吧，比方说教我去当兵，好哇，我可以做个满好的兵。军队的操演有时有会儿，而学徒们是除了睡觉没有任何休息时间的。我抓着工夫去出恭，一边蹲着一边就能打个盹儿，因为遇上赶夜活的时候，我一天一夜只能睡上三四点钟的觉。我能一口吞下去一顿饭，刚端起饭碗，不是师傅喊，就是师娘叫，要不然便是有照顾主儿来定活，我得恭而敬之的招待，并且细心听着师傅怎样论活讨价钱。不把饭整吞下去怎办呢？这种排练教我遇到什么苦处都能硬挺，外带着还是挺和气。读书的人，据我这粗人看，永远不会懂得这个。现在的洋学堂里开运动会，学生跑上两个圈就仿佛有了汗马功劳一般，喝！又是搀着，又是抱着，往大腿上拍火酒，还闹脾气，还坐汽车！这样的公子哥儿哪懂得什么叫作规矩，哪叫排练呢？话往回来说，我所受的苦处给我打下了做事任劳任怨的底子，我永远不肯闲着，做起活来永不晓得闹脾气，耍别扭，我能和大兵们一样受苦，而大兵们不能像我这么和气。

再拿件实事来证明这个吧：在我学成出师以后，我和别的耍手艺的一样，为表明自己是凭本事挣钱的人，第一我先买了根烟袋，只要一闲着便捻上一袋吧唧着，仿佛很有身份，慢慢的，我又学了喝酒，时常弄两盅猫尿咂着嘴儿抿几口。嗜好就怕开了头，会了一样就不难学第二样，反正都是个玩意儿吧咧。这可也就出了毛病。我爱烟爱酒，原本不算什么稀奇的事，大家伙儿都差不多是这样。可是，我一来二去的学会了吃大烟。那个年月，鸦片烟不犯私，非常的便宜；我先是吸着玩，后来可就上了瘾。不久，我便觉出手紧来了，做事也不似先前那么上劲了。我并没等谁劝告我，不但戒了大烟，而且把旱烟袋也撅了，从此烟酒不动！我入了"理门"。入理门，烟酒都不准动；一旦破戒，必走背运。所以我不但戒了嗜好，而且入了理门；背运在那儿等着我，我怎肯再犯戒呢？这点心胸与硬气，如今想起来，还是由学徒得来的。多大的苦处我都能忍受。初一戒烟戒酒，看着别人吸，别人饮，多么难过呢！心里真像有一千条小虫爬挠那么痒痒触触的难过。但是我不能破戒，怕走背运。其实背运不背运的，都是日后的事，眼前的罪过可是不好受呀！硬挺，只有硬挺才能成功，怕走背运还在其次。我居然挺过来了，因为我学过徒，受过排练呀！

提到我的手艺来，我也觉得学徒三年的光阴并没白费了。凡是一门手艺，都得随时改良，方法是死的，运用可是活的。三十年前的瓦匠，讲究会磨砖对缝，作细工儿活；现在，他得会用洋灰和包镶人造石什么的。三十年前的木匠，讲究会雕花刻木，现在得会造洋式木器。我们这行也如此，不过比别的行业更活动。我们这行讲究看见什么就能糊什么。比方说，人家落了丧事，教我们糊一桌全席，我们就能糊出鸡鸭鱼肉来。赶上人家死了未出阁的姑娘，教我们糊一全份嫁妆，不管是四十八抬，还是三十二抬，我们便能由粉罐油瓶一直糊到衣橱穿衣镜。眼睛一看，手就能模仿下来，这是我们的本事。我们的本事不大，可是得有点聪明，一个心窟窿的人绝不会成个好裱糊匠。

这样，我们做活，一边工作也一边游戏，仿佛是。我们的成败全仗着怎么把各色的纸调动的合适，这是要心路的事儿。以我自己说，我有点小聪明。在学徒时候所挨的打，很少是为学不上活来，而多半是因为我有聪明而好调皮不听话。我的聪明也许一点也显露不出来，假若我是去学打铁，或是拉大锯——老那么打，老那么拉，一点变动没有。幸而我学了裱糊匠，把基本的技能学会了以后，我便开始自出花样，怎么灵巧逼真我怎么做。有时候我白费了许多工夫与材料，而做不出我所想到的东西，可是这更教我加紧的去揣摸，去调动，非把它做成不可。这个，真是个好习惯。有聪明，而且知道用聪明，我必须感谢这三年的学徒，在这三年养成了我会用自己的聪明的习惯。诚然，我一辈子没做过大事，但是无论什么事，只要是平常人能做的，我一瞧就能明白个五六成。我会砌墙，栽树，修理钟表，看皮货的真假，合婚择日，知道五行八做的行话上诀窍……这些，我都没学过，只凭我的眼去看，我的手去试验；我有勤苦耐劳与多看多学的习惯；这个习惯是在冥衣铺学徒三年养成的。到如今我才明白过来——我已是快饿死的人了——假若我多读上几年书，只抱着书本死啃，像那些秀才与学堂毕业的人们那样，我也许一辈子就糊糊涂涂的下去，而什么也不晓得呢！裱糊的手艺没有给我带来官职和财产，可是它让我活的很有趣；穷，但是有趣，有点人味儿。

刚二十多岁，我就成为亲友中的重要人物了。不因为我有钱与身份，而是因为我办事细心，不辞劳苦。自从出了师，我每天在街口的茶馆里等着同行的来约请帮忙。我成了街面上的人，年轻，利落，懂得场面。有人来约，我便去做活；没人来约，我也闲不住：亲友家许许多多的事都托付我给办，我甚至于刚结过婚便给别人家做媒了。

给别人帮忙就等于消遣。我需要一些消遣。为什么呢？前面我已说过：我们这行有两种活，烧活和白活。做烧活是有趣而干净的，白活可就不然了。糊顶棚自然得先把旧纸撕下来，这可真够受的，没做过的人万也想不到顶棚上会能有那么多尘土，而且是日积月累攒下来的，比什么土都干、细，钻鼻子，撕完三间屋子的棚，我们就都成了土鬼。及至扎好了秫秸，糊新纸的时候，新银花纸的面子是又臭又挂鼻子。尘土与纸面子就能教人得痨病——现在叫作肺病。我不喜欢这种活儿。可是，在街上等工作，有人来约就不能拒绝，有什么活儿得干什么活儿。应下这种活儿，我差不多老在下边裁纸递纸抹糨糊，为的是可以不必上"交手"，而且可以低着头干活儿，少吃点土。就是这样，我也得弄一身灰，我的鼻子也得像烟筒。做完这几天活儿，我愿意做点别的，变换变换。那么，有亲友托我办点什么，我是很乐意帮忙的。

再说呢，作烧活吧，作白活吧，这种工作老与人们的喜事或丧事有关系。熟人们找我定活，也往往就手儿托我去讲别项的事，如婚丧事的搭棚，讲执事，雇厨子，定车马等等。我在这些事儿中渐渐找出乐趣，晓得如何能捏住巧处，给亲友们既办得漂亮，又省些钱，不能窝窝囊囊的被人捉了"大头"。我在办这些事儿的时候，得到许多经验，明白了许多人情，久而久之，我成了个很精明的人，虽然还不到三十岁。

## 三

由前面所说过的去推测，谁也能看出来，我不能老靠着裱糊的手艺挣饭吃。像逛庙会忽然遇上雨似的，年头一变，大家就得往四散里跑。在我这一辈子里，我仿佛是走着下坡路，收不住脚。心里越盼着天下太平，身子越往下出溜。这次的变动，不使人缓气，一变好像就要变到底。这简直不是变动，而是一阵狂风，把人糊糊涂涂的刮得不知上哪里去了。在我小时候发财的行当与事情，许多许多都忽然走到绝处，永远不再见面，仿佛掉在了大海里头似的。裱糊这一行虽然到如今还阴死巴活的始终没完全断了气，可是大概也不会再有抬头的一日了。我老早的就看出这个来。在那太平的年月，假若我愿意的话，我满可以开个小铺，收两个徒弟，安安顿顿的混两顿饭吃。幸而我没那么办。一年得不到一笔大活儿，只仗着糊一辆车或两间屋子的顶棚什么的，怎能吃饭呢？睁开眼看看，这十几年了，可有过一笔体面的活儿？我得改行，我算是猜对了。

不过，这还不是我忽然改了行的唯一的原因。年头儿的改变不是个人所能抵抗的，胳臂扭不过大腿去，跟年头儿叫死劲简直是自己找别扭。可是，个人独有的事往往来得更厉害，它能马上教人疯了。去投河觅井都不算新奇，不用说把自己的行业放下，而去干些别的了。个人的事虽然很小，可是一加在个人身上便受不住；一个米粒很小，教蚂蚁去搬运便很费力气。个人的事也是如此。人活着是仗了一口气，多咱有点事儿，把这些气憋住，人就要抽风。人是多么小的玩意儿呢！

我的精明与和气给我带来背运。乍一听这句话仿佛是不合情理，可是千真万确，一点儿不假，假若这要不落在我自己身上，我也许不大相信天下会有这宗事。它竟自找到了我；在当时，我差不多真成了个疯子。隔了这么二三十年，现在想起那回事儿来，我满可以微微一笑，仿佛想起一个故事来似的。现在我明白了个人的好处不必一定就有利于自己。一个人好，大家都好，这点好处才有用，正是如鱼得水。一个人好，而大家并不都好，个人的好处也许就是让他倒霉的祸根。精明和气有什么用呢！现在，我悟过这点理儿来，想起那件事不过点点头，笑一笑罢了。在当时，我可真有点咽不下去那口气。那时候我还很年轻啊。

哪个年轻的人不爱漂亮呢？在我年轻的时候，给人家行人情或办点事，我的打扮与气派谁也不敢说我是个手艺人。在早年间，皮货很贵，而且不准乱穿。如今晚的人，今天得了马票或奖券，明天就可以穿上狐皮大衣，不管是个十五岁的孩子还是二十岁还没刮过脸的小伙子。早年间可不行，年纪身份决定个人的服装打扮。那年月，在马褂或坎肩上安上一条灰鼠领子就仿佛是很漂亮阔气。我老安着这么条领子，马褂与坎肩都是青大缎的——那时候的缎子也不怎么那样结实，一件冯褂至少也可以穿上十来年。在给人家糊棚顶的时候，我是个土鬼；回到家中一梳洗打扮，我立刻变成个漂亮小伙子。我不喜欢那个土鬼，所以更爱这个漂亮的青年。我的辫子又黑又长，脑门剃得锃光青亮，穿上带灰鼠领子的缎子坎肩，我的确像个"人儿"！

　　一个漂亮小伙子所最怕的恐怕就是娶个丑八怪似的老婆吧。我早已有意无意的向老人们透了个口话：不娶倒没什么，要娶就得来个够样儿的。那时候，自然还不时行自由婚，可是已有男女两造对相对看的办法。要结婚的话，我得自己去相看，不能马马虎虎就凭媒人的花言巧语。

　　二十岁那年，我结了婚，我的妻比我小一岁。把她放在哪里，她也得算个俏式利落的小媳妇；在定婚以前，我亲眼相看的呀。她美不美，我不敢说，我说她俏式利落，因为这四个字就是我择妻的标准；她要是不够这四个字的格儿，当初我决不会点头。在这四个字里很可以见出我自己是怎样的人来。那时候，我年轻，漂亮，做事麻利，所以我一定不能要个笨牛似的老婆。

　　这个婚姻不能说不是天配良缘。我俩都年轻，都利落，都个子不高；在亲友面前，我们像一对轻巧的陀螺似的，四面八方的转动，招得那年岁大些的人们眼中要笑出一朵花来。我俩竞争着去在大家面前显出个人的机警与口才，到处争强好胜，只为教人夸奖一声我们是一对最有出息的小夫妇。别人的夸奖增高了我俩彼此间的敬爱，颇有点英雄惜英雄，好汉爱好汉的劲儿。

我很快乐，说实话：我的老人没挣下什么财产，可是有一所儿房。我住着不用花租金的房子，院中有不少的树木，檐前挂着一对黄鸟。我呢，有手艺，有人缘，有个可心的年轻女人。不快乐不是自找别扭吗？

对于我的妻，我简直找不出什么毛病来。不错，有时候我觉得她有点太野；可是哪个利落的小媳妇不爽快呢？她爱说话，因为她会说；她不大躲避男人，因为这正是做媳妇所应享的利益，特别是刚出嫁而有些本事的小媳妇，她自然愿意把做姑娘时的腼腆收起一些，而大大方方的自居为"媳妇"。这点实在不能算作毛病。况且，她见了长辈又是那么亲热体贴，殷勤的伺候，那么她对年轻一点的人随便一些也正是理之当然；她是爽快大方，所以对于年老的正像对于年少的，都愿表示出亲热周到来。我没因为她爽快而责备她过。

她有了孕，做了母亲，她更好看了，也更大方了——我简直的不忍再用那个"野"字！世界上还有比怀孕的少妇更可怜，年轻的母亲更可爱的吗？看她坐在门槛上，露着点胸，给小娃娃奶吃，我只能更爱她，而想不起责备她太不规矩。

到了二十四岁，我已有一儿一女。对于生儿养女，做丈夫的有什么功劳呢！赶上高兴，男子把娃娃抱起来，耍巴一回；其余的苦处全是女人的。我不是个糊涂人，不必等谁告诉我才能明白这个。真的，生小孩，养育小孩，男人有时候想去帮忙也归无用；不过，一个懂得点人事的人，自然该使作妻的痛快一些，自由一些；欺侮孕妇或一个年轻的母亲，据我看，才真是浑蛋呢！对于我的妻，自从有了小孩之后，我更放任了些；我认为这是当然的合理的。

再一说呢，夫妇是树，儿女是花；有了花的树才能显出根儿深。一切猜忌，不放心，都应该减少，或者完全消灭；小孩子会把母亲拴得结结实实的。所以，即使我觉得她有点野——真不愿用这个臭字——我也不能不放心了，她是个母亲呀。

## 四

　　直到如今，我还是不能明白那到底是怎么一回事。

　　我所不能明白的事也就是当时教我差点儿疯了的事，我的妻跟人家跑了。

　　我再说一遍，到如今我还不能明白那到底是怎回事。我不是个固执的人，因为我久在街面上，懂得人情，知道怎样找出自己的长处与短处。但是，对于这件事，我把自己的短处都找遍了，也找不出应当受这种耻辱与惩罚的地方来。所以，我只能说我的聪明与和气给我带来祸患，因为我实在找不出别的道理来。

　　我有位师哥，这位师哥也就是我的仇人。街口上，人们都管他叫作黑子，我也就还这么叫他吧；不便道出他的真名实姓来，虽然他是我的仇人。"黑子"，由于他的脸不白；不但不白，而且黑得特别，所以才有这个外号。他的脸真像个早年间人们揉的铁球，黑，可是非常的亮；黑，可是光润；黑，可是油光水滑的可爱。当他喝下两盅酒，或发热的时候，脸上红起来，就好像落太阳时的一些黑云，黑里透出一些红光。至于他的五官，简直没有什么好看的地方，我比他漂亮多了。他的身量很高，可也不见得怎么魁梧，高大而懒懒松松的。他所以不致教人讨厌他,总而言之,都仗着那一张发亮的黑脸。

我跟他是很好的朋友。他既是我的师哥,又那么傻太黑粗的,即使我不喜爱他,我也不能无缘无故的怀疑他。我的那点聪明不是给我预备着去猜疑人的;反之,我知道我的眼睛里不容沙子,所以我因信任自己而信任别人。我以为我的朋友都不至于偷偷的对我掏坏招数。一旦我认定谁是个可交的人,我便真拿他当个朋友看待。对于我这个师哥,即使他有可猜疑的地方,我也得敬重他,招待他,因为无论怎样,他到底是我的师哥呀。同是一门儿学出来的手艺,又同在一个街口上混饭吃,有活没活,一天至少也得见几面;对这么熟的人,我怎能不拿他当作个好朋友呢?有活儿,我们一同去做活儿;没活儿,他总是到我家来吃饭喝茶,有时候也摸几把索儿胡玩——那时候"麻将"还不十分时兴。我和蔼,他也不客气;遇到什么就吃什么,遇到什么就喝什么,我一向不特别为他预备什么,他也永远不挑剔。他吃的很多,可是不懂得挑食。看他端着大碗,跟着我们吃热汤儿面什么的,真是个痛快的事。他吃得四脖子汗流,嘴里稀啦胡噜的响,脸上越来越红,慢慢的成了个半红的大煤球似的;谁能说这样的人能存着什么坏心眼儿呢!

一来二去,我由大家的眼神看出来天下并不很太平。可是,我并没有怎么往心里搁这回事。假若我是个糊涂人,只有一个心眼,大概对这种事不会不听见风就是雨,马上闹个天昏地暗,也许立刻把事情弄个水落石出,也许是望风捕影而弄一鼻子灰。我的心眼多,决不肯这么糊涂瞎闹,我得平心静气的想一想。

先想我自己,想不出我有什么不对的地方来,即使我有许多毛病,反正至少我比师哥漂亮,聪明,更像个人儿。

再看师哥吧,他的长相,行为,财力,都不能教他为非作歹,他不是那种一见面就教女人动心的人。

最后,我详详细细的为我的年轻的妻子想一想:她跟了我已经四五年,我俩在一处不算不快乐。即使她的快乐是假装的,而愿意去跟个她真喜爱的人——这在早年间几乎是不能有的——大概黑子也绝不会是这个人吧?他跟我都是手艺人,他的身份一点不比我高。同样,他不比我阔,不比我漂亮,不比我年轻;那么,她贪图的是什么呢?想不出。就满打说她是受了他的引诱而迷了心,可是他用什么引诱她呢,是那张黑脸,那点本事,那身衣裳,腰里那几吊钱?笑话!哼,我要是有意的话吗,我倒满可以去引诱引诱女人;虽然钱不多,至少我有个样子。黑子有什么呢?再说,就是说她一时迷了心窍,分别不出好歹来,难道她就肯舍得那两个小孩吗?

我不能信大家的话,不能立时疏远了黑子,也不能傻子似的去盘问她。我全想过了,一点缝子没有,我只能慢慢的等着大家明白过来他们是多虑。即使他们不是凭空造谣,我也得慢慢的察看,不能无缘无故的把自己,把朋友,把妻子,都卷在黑土里边。有点聪明的人做事不能鲁莽。

可是,不久,黑子和我的妻子都不见了。直到如今,我没再见过他俩。为什么她肯这么办呢?我非见着她,由她自己吐出实话，我不会明白。我自己的思想永远不够对付这件事的。

我真盼望能再见她一面，专为明白明白这件事。到如今我还是在个葫芦里。

当时我怎样难过，用不着我自己细说。谁也能想到，一个年轻漂亮的人，守着两个没了妈的小孩，在家里是怎样的难过；一个聪明规矩的人，最亲爱的妻子跟师哥跑了，在街面上是怎么难堪。同情我的人，有话说不出，不认识我的人，听到这件事，总不会责备我的师哥，而一直的管我叫"王八"。在咱们这讲孝悌忠信的社会里，人们很喜欢有个王八，好教大家有放手指头的准头。我的口闭上，我的牙咬住，我心中只有他们俩的影儿和一片血。不用教我见着他们，见着就是一刀，别的无须乎再说了。

在当时，我只想拼上这条命，才觉得有点人味儿。现在，事情过去这么多年了。我可以细细的想这件事在我这一辈子里的作用了。

我的嘴并没闲着，到处我打听黑子的消息。没用，他俩真像石沉大海一般，打听不着确实的消息，慢慢地我的怒气消散了一些；说也奇怪，怒气一消，我反倒可怜我的妻子。黑子不过是个手艺人，而这种手艺只能在京津一带大城里找到饭吃，乡间是不需要讲究的烧活的。那么，假若他俩是逃到远处去，他拿什么养活她呢？哼，假若他肯偷好朋友的妻子，难道他就不会把她卖掉吗？这个恐惧时常在我心中绕来绕去。我真希望她忽然逃回来，告诉我她怎样上了当，受了苦处；假若她真跪在我的面前，我想我不会不收下她的，一个心爱的女人，永远是心爱的，不管她做了什么错事。她没有回来，没有消息，我恨她一会儿，又可怜她一会儿，胡思乱想，我有时候整夜的不能睡。

　　过了一年多，我的这种乱想又轻淡了许多。是的，我这一辈子也不能忘了她，可是我不再为她思索什么了。我承认了这是一段千真万确的事实，不必为它多费心思了。

　　我到底怎样了呢？这倒是我所要说的，因为这件我永远猜不透的事在我这一辈子里实在是件极大的事。这件事好像是在梦中丢失了我最亲爱的人，一睁眼，她真的跑得无影无踪了。这个梦没法儿明白，可是它的真确劲儿是谁也受不了的。做过这么个梦的人，就是没有成疯子，也得大大的改变；他是丢失了半个命呀！

## 五

最初，我连屋门也不肯出，我怕见那个又明又暖的太阳。

顶难堪的是头一次上街：抬着头大大方方的走吧，准有人说我天生来的不知羞耻。低着头走，便是自己招认了脊背发软。怎么着也不对。我可是问心无愧，没做过一点对不起人的事。

我破了戒，又吸烟喝酒了。什么背运不背运的，有什么再比丢了老婆更倒霉的呢？我不求人家可怜我，也犯不上成心对谁耍刺儿，我独自吸烟喝酒，把委屈放在心里好了。再没有比不测的祸患更能扫除了迷信的；以前，我对什么神仙都不敢得罪；现在，我什么也不信，连活佛也不信了。迷信，我咂摸出来，是盼望得点意外的好处；赶到遇上意外的难处，你就什么也不盼望，自然也不迷信了。我把财神和灶王的龛——我亲手糊的——都烧了。亲友中很有些人说我成了二毛子的。什么二毛子三毛子的，我再不给谁磕头。人若是不可靠，神仙就更没准儿了。

我并没变成忧郁的人。这种事本来是可以把人愁死的，可是我没往死牛犄角里钻。我原是个活泼的人，好吧，我要打算活下去，就得别丢了我的活泼劲儿。不错，意外的大祸往往能忽然把一个人的习惯与脾气改变了；可是我决定要保持住我的活泼。我吸烟，喝酒，不再信神佛，不过都是些使我活泼的方法。不管我是真乐还是假乐，我乐！在我学艺的时候，我就会这一招，经过这次的变动，我更必须这样了。现在，我已快饿死了，我还是笑着，连我自己也说不清这是真的还是假的笑，反正我笑，多喒死了多咱我并上嘴。从那件事发生了以后，直到如今，我始终还是个有用的人，热心的人，可是我心中有了个空儿。这个空儿是那件不幸的事给我留下的，像墙上中了枪弹，老有个小窟窿似的。我有用，我热心，我爱给人家帮忙，但是不幸而事情没办到好处，或者想不到的扎手，我不着急，也不动气，因为我心中有个空儿。这个空儿会教我在极热心的时候冷静，极欢喜的时候有点悲哀，我的笑常常和泪碰在一处，而分不清哪个是哪个。

这些，都是我心里头的变动，我自己要是不说——自然连我自己也说不大完全——大概别人无从猜到。在我的生活上，也有了变动，这是人人能看到的。我改了行，不再当裱糊匠，我没脸再上街口去等生意，同行的人，认识我的，也必认识黑子；他们只须多看我几眼，我就没法再咽下饭去。在那报纸还不大时行的年月，人们的眼睛是比新闻还要厉害的。现在，离婚都可以上衙门去明说明讲，早年间男女的事儿可不能这么随便。我把同行中的朋友全放下了，连我的师傅师母都懒得去看，我仿佛是要由这个世界一脚跳到另一个世界去。这样，我觉得我才能独自把那桩事关在心里头。年头的改变教裱糊匠们的活路越来越狭,但是要不是那回事,我也不会改行改得这么快,这么干脆。放弃了手艺,没什么可惜;可是这么放弃了手艺,我也不会感谢"那"回事儿!不管怎说吧,我改了行,这是个显然的变动。

决定扔下手艺可不就是我准知道应该干什么去。我得去乱碰,像一支空船浮在水面上,浪头是它的指南针。在前面我已经说过,我认识字,还能抄抄写写,很够当个小差事的。再说呢,当差是个体面的事,我这丢了老婆的人若能当上差,不用说那必能把我的名誉恢复了一些。现在想起来,这个想法真有点可笑;在当时我可是诚心的相信这是最高明的办法。"八"字还没有一撇儿,我觉得很高兴,仿佛我已经很有把握,既得到差事,又能恢复了名誉。我的头又抬得很高了。

哼!手艺是三年可以学成的;差事,也许要三十年才能得上吧!一个钉子跟着一个钉子,都预备着给我碰呢!我说我识字,哼!敢情有好些个能整本背书的人还挨饿呢。我说我会写字,敢情会写字的绝不算出奇呢。我把自己看得太高了。可是,我又亲眼看见,那作着很大的官儿的,一天到晚山珍海味的吃着,连自己的姓都不大认得。那么,是不是我的学问又太大了,而超过了做官所需要的呢?我这个聪明人也没法儿不显着糊涂了。

慢慢的,我明白过来。原来差事不是给本事预备着的,想做官第一得有人。这简直没了我的事,不管我有多么大的本事。我自己是个手艺人,所认识的也是手艺人;我爸爸呢,又是个白丁，虽然是很有本事与品行的白丁。我上哪里去找差事当呢？

事情要是逼着一个人走上哪条道儿，他就非去不可，就像火车一样，轨道已摆好，照着走就是了，一出花样准得翻车！我也是如此。决定扔下了手艺，而得不到个差事，我又不能老这么闲着。好啦，我的面前已摆好了铁轨，只准上前，不许退后。

我当了巡警。

巡警和洋车是大城里头给苦人们安好的两条火车道。大字不识而什么手艺也没有的，只好去拉车。拉车不用什么本钱，肯出汗就能吃窝窝头。识几个字而好体面的，有手艺而挣不上饭的，只好去当巡警；别的先不提，挑巡警用不着多大的人情，而且一挑上先有身制服穿着，六块钱拿着；好歹是个差事。除了这条道，我简直无路可走。我既没混到必须拉车去的地步，又没有做高官的舅舅或姐丈，巡警正好不高不低，只要我肯，就能穿上一身铜纽子的制服。当兵比当巡警有起色，即使熬不上军官，至少能有抢劫些东西的机会。可是，我不能去当兵，我家中还有俩没娘的小孩呀。当兵要野，当巡警要文明；换句话说，当兵有发邪财的机会，当巡警是穷而文明一辈子；穷得要命，文明得稀松！

以后这五六十年的经验，我敢说这么一句：真会办事的人，到时候才说话，爱张罗办事的人——像我自己——没话也找话说。我的嘴老不肯闲着，对什么事我都有一片说词，对什么人我都想很恰当的给起个外号。我受了报应：第一件事，我丢了老婆，把我的嘴封起来一二年！第二件是我当了巡警。在我还没当上这个差事的时候，我管巡警们叫作"马路行走"，"避风阁大学士"和"臭脚巡"。这些无非都是说巡警们的差事只是站马路，无事忙，跑臭脚。哼！我自己当上"臭脚巡"了！生命简直就是自己和自己开玩笑，一点不假！我自己打了自己的嘴巴，可并不因为我做了什么缺德的事；至多也不过爱多说几句玩笑话罢了。在这里，我认识了生命的严肃，连句玩笑话都说不得的！好在，我心中有个空儿；我怎么叫别人"臭脚巡"，也照样叫自己。这在早年间叫作"抹稀泥"，现在的新名词应叫着什么，我还没能打听出来。

我没法不去当巡警，可是真觉得有点委屈。是呀，我没有什么出众的本事，但是论街面上的事，我敢说我比谁知道的也不少。巡警不是管街面上的事情吗？那么，请看看那些警官儿吧：有的连本地的话都说不上来，二加二是四还是五都得想半天。哼！他是官，我可是"招募警"；他的一双皮鞋够开我半年的饷！他什么经验与本事也没有，可是他做官。这样的官儿多了去啦！上哪儿讲理去呢？记得有位教官，头一天教我们操法的时候，忘了叫"立正"，而叫了"闸住"。用不着打听，这位大爷一定是拉洋车出身。有人情就行，今天你拉车，明天你姑父做了什么官儿，你就可以弄个教官当当；叫"闸住"也没关系，谁敢笑教官一声呢！这样的自然是不多，可是有这么一位教官，也就可以教人想到巡警的操法是怎么稀松二五眼了。内堂的功课自然绝不是这样教官所能担任的，因为至少得认识些个字才能"虎"得下来。我们的内堂的教官大概可以分为两种：一种是老人儿们，多数都有口鸦片烟瘾；他们要是能讲明白一样东西，就凭他们那点人情，大概早就做上大官儿了；唯其什么也讲不明白，所以才来做教官。另一种是年轻的小伙子们，讲的都是洋事，什么东洋巡警怎么样，什么法国违警律如何，仿佛我们都是洋鬼子。这种讲法有个好处，就是他们信口开河瞎扯，我们一边打盹一边听着，谁也不准知道东洋和法国是什么样儿，可不就随他的便说吧。我满可以编一套美国的事讲给大家听，可惜我不是教官罢了。这群年轻的小人们真懂外国事儿不懂，无从知道；反正我准知道他们一点中国事儿也不晓得。这两种教官的年纪上学问上都不同，可是他们有个相同的地方，就是他们都高不成低不就，所以对对付付的只能做教官。他们的人情真不小，可是本事太差，所以来教一群为六块洋钱而一声不敢出的巡警就最合适。

　　教官如此，别的警官也差不多是这样。想想：谁要是能去做一任知县或税局局长，谁肯来做警官呢？前面我已交代过了，当巡警是高不成低不就，不得已而为之。警官也是这样。这群人由上至下全是"狗熊耍扁担，混碗儿饭吃"。不过呢，巡警一天到晚在街面上，不论怎样抹稀泥，多少得能说会道，见机而作，把大事化小，小事化无；既不多给官面上惹麻烦，又让大家都过得去；真的吧假的吧，这总得算点本事。而做警官的呢，就连这点本事似乎也不必有。阎王好做，小鬼难当，诚然！

# 六

　　我再多说几句，或者就没人再说我太狂傲无知了。我说我觉得委屈，真是实话；请看吧：一月挣六块钱，这跟当仆人的一样，而没有仆人们那些"外找儿"；死挣六块钱，就凭这么个大人——腰板挺直，样子漂亮，年轻力壮，能说会道，还得识文断字！这一大堆资格，一共值六块钱！

　　六块钱饷粮，扣去三块半钱的伙食，还得扣去什么人情公议儿，净剩也就是两块上下钱吧。衣服自然是可以穿官发的，可是到休息的时候，谁肯还穿着制服回家呢；那么，不做不做也得有件大褂什么的。要是把钱做了大褂，一个月就算白混。再说，谁没有家呢？父母——嗷，先别提父母吧！就说一夫一妻吧：至少得赁一间房，得有老婆的吃，喝，穿。就凭那两块大洋！谁也不许生病，不许生小孩，不许吸烟，不许吃点零碎东西；连这么着，月月还不够嚼谷！

　　我就不明白为什么肯有人把姑娘嫁给当巡警的，虽然我常给同事的做媒。当我一到女家提说的时候，人家总对我一撇嘴，虽不明说，但是意思很明显："哼！当巡警的！"可是我不怕这一撇嘴，因为十回倒有九回是撇完嘴而点了头。难道是世界上的姑娘太多了吗？我不知道。

由哪面儿看，巡警都活该是鼓着腮帮子充胖子而教人哭不得笑不得的。穿起制服来，干净利落，又体面又威风，车马行人，打架吵嘴，都由他管着。他这是差事；可是他一月除了吃饭，净剩两块来钱。他自己也知道中气不足，可是不能不硬挺着腰板，到时候他得娶妻生子，还是仗着那两块来钱。提婚的时候，头一句是说："小人呀当差！"当差的底下还有什么呢？没人愿意细问，一问就糟到底。

是的，巡警们都知道自己怎样的委屈，可是风里雨里他得去巡街下夜，一点懒儿不敢偷；一偷懒就有被开除的危险；他委屈，可不敢抱怨，他劳苦，可不敢偷闲，他知道自己在这里混不出来什么，而不敢冒险搁下差事。这点差事扔了可惜，做着又没劲；这些人也就人儿似的先混过一天是一天，在没劲中要露出劲儿来，像打太极拳似的。

世上为什么应当有这种差事，和为什么有这样多肯做这种差事的人？我想不出来。假若下辈子我再托生为人，而且忘了喝迷魂汤，还记得这一辈子的事，我必定要扯着脖子去喊：这玩意儿整个的是丢人，是欺骗，是杀人不流血！现在，我老了，快饿死了，连喊这么几句也顾不及了，我还得先为下顿的窝窝头着忙呀！

自然在我初当差的时候，我并没有一下子就把这些都看清楚了，谁也没有那么聪明。反之，一上手当差我倒觉出点高兴来：穿上整齐的制服，靴帽，的确我是漂亮精神，而且心里说：好吧歹吧，这是个差事；凭我的聪明与本事，不久我必有个升腾。我很留神看巡长巡官们制服上的铜星与金道，而想象着我将来也能那样。我一点也没想到那铜星与金道并不按着聪明与本事颁给人们呀。

新鲜劲儿刚一过去，我已经讨厌那身制服了。它不教任何人尊敬，而只能告诉人："臭脚巡"来了！拿制服的本身说，它也很讨厌：夏天它就像牛皮似的，把人闷得满身臭汗；冬天呢，它一点也不像牛皮了，而倒像是纸糊的；它不许谁在里边多穿一点衣服，只好任着狂风由胸口钻进来，由脊背钻出去，整打个穿堂！再看那双皮鞋，冬冷夏热，永远不教脚舒服一会儿；穿单袜的时候，它好像是两大篓子似的，脚指脚踵都在里边乱抓弄，而始终我不到鞋在哪里；到穿棉袜的时候，它们忽然变得很紧，不许棉袜与脚一齐伸进去。有多少人因包办制服皮鞋而发了财，我不知道，我只知道我的脚永远烂着，夏天闹湿气，冬天闹冻疮。自然，烂脚也得照常的去巡街站岗，要不然就别挣那六块洋钱！多么热，或多么冷，别人都可以找地方去躲一躲，连洋车夫都可以自由的歇半天，巡警得去巡街，得去站岗，热死冻死都活该，那六块现大洋买着你的命呢！

记得在哪儿看见过这么一句："食不饱，力不足。"不管这句在原地方讲的是什么吧，反正拿来形容巡警是没有多大错儿的。最可怜，又可笑的是我们既吃不饱，还得挺着劲儿，站在街上得像个样子！要饭的花子有时不饿也弯着腰，假充饿了三天三夜；反之，巡警却不饱也得鼓起肚皮，假装刚吃完三大碗鸡丝面似的。花子装饿倒有点道理，我可就是想不出巡警假装酒足饭饱有什么理由来,我只觉得这真可笑。

  人们都不满意巡警的对付事,抹稀泥。哼!抹稀泥自有它的理由。不过,在细说这个道理之前,我愿先说件极可怕的事。有了这件可怕的事,我再反回头来细说那些理由,仿佛就更顺当,更生动。好!就这样办啦。

# 七

应当有月亮,可是教黑云给遮住了,处处都很黑。我正在个僻静的地方巡夜。我的鞋上钉着铁掌,那时候每个巡警又须带着一把东洋刀,四下里鸦雀无声,听着我自己的铁掌与佩刀的声响,我感到寂寞无聊,而且几乎有点害怕。眼前忽然跑过一只猫,或忽然听见一声鸟叫,都教我觉得不是味儿,勉强着挺起胸来,可是心中总空空虚虚的,仿佛将有些什么不幸的事情在前面等着我。不完全是害怕,又不完全气粗胆壮,就那么怪不得劲的,手心上出了点凉汗。平日,我很有点胆量,什么看守死尸,什么独自看管一所脏房,都算不了一回事。不知为什么这一晚上我这样胆虚,心里越要耻笑自己,便越觉得不定哪里藏着点危险。我不便放快了脚步,可是心中急切的希望快回去,回到那有灯光与朋友的地方去。忽然,我听见一排枪!我立定了,胆子反倒壮起来一点;真正的危险似乎倒可以治好了胆虚,惊疑不定才是恐惧的根源,我听着,像夜行的马竖起耳朵那样。又一排枪,又一排枪!没声了,我等着,听着,静寂得难堪。像看见闪电而等着雷声那样,我的心跳得很快。"拍,拍,拍,拍",四面八方都响起来了!

我的胆气又渐渐的往下低落了。一排枪,我壮起气来;枪声太多了，真遇到危险了；我是个人，人怕死；我忽然的跑起来，跑了几步，猛的又立住，听一听，枪声越来越密，看不见什么，四下漆黑，只有枪声，不知为什么，不知在哪里，黑暗里只有我一个人，听着远处的枪响。往哪里跑？到底是什么事？应当想一想，又顾不得想；胆大也没用，没有主意就不会有胆量。还是跑吧，糊涂的乱动，总比呆立哆嗦着强。我跑，狂跑，手紧紧的握住佩刀。像受了惊的猫狗，不必想也知道往家里跑。我已忘了我是巡警，我得先回家看看我那没娘的孩子去，要是死就死在一处！

要跑到家，我得穿过好几条大街。刚到了头一条大街，我就晓得不容易再跑了。街上黑黑乎乎的人影，跑得很快，随跑随着放枪。兵！我知道那是些辫子兵。而我才刚剪了发不多日子。我很后悔我没像别人那样把头发盘起来，而是连根儿烂真正剪去了辫子。假若我能马上放下辫子来，虽然这些兵们平素很讨厌巡警，可是因为我有辫子或者不至于把枪口冲着我来。在他们眼中，没有辫子便是二毛子，该杀。我没有了这么条宝贝！我不敢再动，只能蒙在黑影里，看事行事。兵们在路上跑，一队跟着一队，枪声不停。我不晓得他们是干什么呢？待了一会儿，兵们好像是都过去了，我往外探了探头，见外面没有什么动静，我就像一只夜鸟儿似的飞过了马路，到了街的另一边。在这极快的穿过马路的一会儿里，我的眼梢撩着一点红光。十字街头起了火。我还藏在黑影里，不久，火光远远的照亮了一片；再探头往外看，我已可以影影绰绰的看到十字街口,所有四面把角的铺户已全烧起来,火影中那些兵们来回的奔跑,放着枪。我明白了,这是兵变。不久,火光更多了,一处接着一处,由光亮的距离我可以断定:凡是附近的十字口与丁字街全烧了起来。

说句该挨嘴巴的话,火是真好看!远处,漆黑的天上,忽然一白,紧跟着又黑了。忽然又一白,猛的冒起一个红团,有一块天像烧红的铁板,红得可怕。在红光里看见了多少股黑烟,和火舌们高低不齐的往上冒,一会儿烟遮住了火苗;一会儿火苗冲破了黑烟。黑烟滚着,转着,千变万化的往上升,凝成一片,罩住下面的火光,像浓雾掩住了夕阳。待一会儿,火光明亮了一些,烟也改成灰白色儿,纯净,旺炽,火苗不多,而光亮结成一片,照明了半个天。那近处的,烟与火中带着种种的响声,烟往高处起,火往四下里奔;烟像些丑恶的黑龙,火像些乱长乱钻的红铁笋。烟裹着火,火裹着烟,卷起多高,忽然离散,黑烟里落下无数的火花,或者三五个极大的火团。火花火团落下,烟像痛快轻松了一些,翻滚着向上冒。火团下降,在半空中遇到下面的火柱,又狂喜的往上跳跃,炸出无数火花。火团远落,遇到可以燃烧的东西,整个的再点起一把新火,新烟掩住旧火,一时变为黑暗;新火冲出了黑烟,与旧火联成一气,处处是火舌,火柱,飞舞,吐动,摇摆,癫狂。忽然"哗啦"一声,一架房倒下去,火星,焦炭,尘土,白烟,一齐飞扬,火苗压在下面,一齐在底下往横里吐射,像千百条探头吐舌的火蛇。静寂,静寂,火蛇慢慢的,忍耐的,往上翻。绕到上边来，与高处的火接到一处，通明，纯亮，"呼呼"的响着，要把人的心全照亮了似的。

我看着，不，不但看着，我还闻着呢！在种种不同的味道里，我咂摸着：这是那个金匾黑字的绸缎庄，那是那个山西人开的油酒店。由这些味道，我认识了那些不同的火团，轻而高飞的一定是茶叶铺的，迟笨黑暗的一定是布店的。这些买卖都不是我的，可是我都认得，闻着它们火葬的气味，看着它们火团的起落，我说不上来心中怎样难过。

我看着，闻着，难过，我忘了自己的危险，我仿佛是个不懂事的小孩，只顾了看热闹，而忘了别的一切。我的牙打得很响，不是为自己害怕，而是对这奇惨的美丽动了心。

回家是没希望了。我不知道街上一共有多少兵，可是由各处的火光猜度起来，大概是热闹的街口都有他们。他们的目的是抢劫，可是顺着手儿已经烧了这么多铺户，焉知不就棍打腿的杀些人玩玩呢？我这剪了发的巡警在他们眼中还不和个臭虫一样，只须一搂枪机就完了，并不费多少事。想到这个，我打算回到"区"里去，"区"离我不算远，只须再过一条街就行了。可是，连这个也太晚了。当枪声初起的时候，连贫带富，家家关了门；街上除了那些横行的兵们，简直成了个死城。及至火一起来，铺户里的人们开始在火影里奔走，胆大一些的立在街旁，看着自己的或别人的店铺燃烧，没人敢去救火，可也舍不得走开，只那么一声不出的看着火苗乱窜。胆小一些的呢，争着往胡同里藏躲，三五成群的藏在巷内，不时向街上探探头，没人出声，大家都哆嗦着。火越烧越旺了，枪声慢慢的稀少下来，胡同里的住户仿佛已猜到是怎么一回事，最先是有人开门向外望望，然后有人试着步往街上走。街上，只有火光人影，没有巡警，被兵们抢过的当铺与首饰店全大敞着门！……这样的街市教人们害怕，同时也教人们胆大起来；一条没有巡警的街正像是没有老师的学房，多么老实的孩子也要闹哄闹哄。一家开门，家家开门，街上人多起来；铺户已有被抢过的了，跟着抢吧！平日，谁能想到那些良善守法的人民会去抢劫呢？哼！机会一到，人们立刻显露了原形。说声抢，壮实的小伙子们首先进了当铺，金店，钟表行。男人们回去一趟，第二趟出来已掺杂上女人和孩子们。被兵们抢过的铺子自然不必费事，进去随便拿就是了；可是紧跟着那些尚未被抢过的铺户的门也拦不住谁了。粮食店，茶叶铺，百货店，什么东西也是好的，门板一律砸开。

我一辈子只看见了这么一回大热闹：男女老幼喊着叫着，狂跑着，拥挤着，争吵着，砸门的砸门，喊叫的喊叫，嗑喳！门板倒下去，一窝蜂似的跑进去，乱挤乱抓，压倒在地的狂号，身体利落的往柜台上蹿，全红着眼，全拼着命，全奋勇前进，挤成一团，倒成一片，散走全街。背着，抱着，扛着，曳着，像一片战胜的蚂蚁，昂首疾走，去而复归，呼妻唤子，前呼后应。

苦人当然出来了，哼！那中等人家也不甘落后呀！

贵重的东西先搬完了，煤米柴炭是第二拨。有的整坛的搬着香油,有的独自扛着两口袋面,瓶子罐子碎了一街,米面洒满了便道,抢啊!抢啊!抢啊!谁都恨自己只长了一双手,谁都嫌自己的腿脚太慢!有的人会推着一坛子白糖,连人带坛在地上滚,像屎壳郎推着个大粪球。

强中自有强中手,人是到处会用脑子的!有人拿出切菜刀来了,立在巷口等着:"放下!"刀晃了晃。口袋或衣服,放下了;安然的,不费力的,拿回家去。"放下!"不灵验,刀下去了,把面口袋砍破,下了一阵小雷,二人滚在一团。过路的急走,稍带着说了句:"打什么,有的是东西!"两位明白过来,立起来向街头跑去。抢啊,抢啊!有的是东西!

我挤在了一群买卖人的中间,藏在黑影里。我并没说什么,他们似乎很明白我的困难,大家一声不出,而紧紧的把我包围住。不要说我还是个巡警,连他们买卖人也不敢抬起头来。他们无法去保护他们的财产与货物,谁敢出头抵抗谁就是不要命,兵们有枪,人民也有切菜刀呀!是的,他们低着头,好像倒怪羞惭似的。他们唯恐和抢劫的人们——也就是他们平日的照顾主儿——对了脸,羞恼成怒,在这没有王法的时候,杀几个买卖人总不算一回事呢!所以,他们也保护着我。想想看吧,这一带的居民大概不会不认识我吧!我三天两头的到这里来巡逻。平日,他们在墙根撒尿,我都要讨他们的厌,上前干涉;他们怎能不恨恶我呢!现在大家正在兴高采烈的白拿东西,要是遇见我,他们一人给我一砖头,我也就活不成了。即使他们不认识我,反正我是穿着制服,佩着东洋刀呀!在这个局面下，冒而咕咚的出来个巡警，够多么不合适呢！我满可以上前去道歉，说我不该这么冒失，他们能白白的饶了我吗？

街上忽然清静了一些，便道上的人纷纷往胡同里跑，马路当中走着七零八散的兵，都走得很慢；我摘下帽子，从一个学徒的肩上往外看了一眼，看见一位兵士，手里提着一串东西，像一串儿螃蟹似的。我能想到那是一串金银的镯子。他身上还有多少东西，不晓得，不过一定有许多硬货，因为他走得很慢。多么自然，多么可羡慕呢！自自然然的，提着一串镯子，在马路中心缓缓的走，有烧亮的铺户作着巨大的火把，给他们照亮了全城！

兵过去了，人们又由胡同里钻出来。东西已抢得差不多了，大家开始搬铺户的门板，有的去摘门上的匾额。我在报纸上常看见"彻底"这两个字，咱们的良民们打抢的时候才真正彻底呢！

这时候，铺户的人们才有出头喊叫的："救火呀！救火呀！别等着烧净了呀！"喊得教人一听见就要落泪！我身旁的人们开始活动。我怎么办呢？他们要是都去救火，剩下我这一个巡警，往哪儿跑呢？我拉住了一个屠户！他脱给了我那件满是猪油的大衫。把帽子夹在夹肢窝底下。一手握着佩刀，一手揪着大襟，我擦着墙根，逃回"区"里去。

# 八

我没去抢,人家所抢的又不是我的东西,这回事简直可以说和我不相干。可是,我看见了,也就明白了。明白了什么?我不会干脆的,恰当的,用一半句话说出来;我明白了点什么意思,这点意思教我几乎改变了点脾气。丢老婆是一件永远忘不了的事,现在它有了伴儿,我也永远忘不了这次的兵变。丢老婆是我自己的事,只须记在我的心里,用不着把家事国事天下事全拉扯上。这次的变乱是多少万人的事,只要我想一想,我便想到大家,想到全城,简直的我可以用这回事去断定许多的大事,就好像报纸上那样谈论这个问题那个问题似的。对了,我找到了一句漂亮的了。这件事教我看出一点意思,由这点意思我咂摸着许多问题。不管别人听得懂这句与否,我可真觉得它不坏。

我说过了:自从我的妻潜逃之后,我心中有了个空儿。经过这回兵变,那个空儿更大了一些,松松通通的能容下许多玩意儿。还接着说兵变的事吧!把它说完全了,你也就可以明白我心中的空儿为什么大起来了。

当我回到宿舍的时候,大家还全没睡呢。不睡是当然的,可是,大家一点也不显着着急或恐慌,吸烟的吸烟,喝茶的喝茶,就好像有红白事熬夜那样。我的狼狈的样子,不但没引起大家的同情，倒招得他们直笑。我本排着一肚子话要向大家说，一看这个样子也就不必再言语了。我想去睡，可是被排长给拦住了："别睡！待一会儿，天一亮，咱们全得出去弹压地面！"这该轮到我发笑了；街上烧抢到那个样子，并不见一个巡警，等到天亮再去弹压地面，岂不是天大的笑话！命令是命令，我只好等到天亮吧！

还没到天亮，我已经打听出来：原来高级警官们都预先知道兵变的事儿，可是不便于告诉下级警官和巡警们。这就是说，兵变是警察们管不了的事，要变就变吧；下级警官和巡警们呢，夜间糊糊涂涂的照常去巡逻站岗，是生是死随他们去！这个主意够多么活动而毒辣呢！再看巡警们呢，全和我自己一样，听见枪声就往回跑，谁也不傻。这样巡警正好对得起这样警官，自上而下全是瞎打混的当"差事"，一点不假！

虽然很要困，我可是急于想到街上去看看，夜间那一些情景还都在我的心里，我愿白天再去看一眼，好比较比较，教我心中这张画儿有头有尾。天亮得似乎很慢，也许是我心中太急。天到底慢慢的亮起来，我们排上队。我又要笑，有的人居然把盘起来的辫子梳好了放下来，巡长们也作为没看见。有的人在快要排队的时候，还细细刷了刷制服，用布擦亮了皮鞋！街上有那么大的损失，还有人顾得擦亮了鞋呢。我怎能不笑呢！

到了街上，我无论如何也笑不出了！从前，我没真明白过什么叫作"惨"，这回才真晓得了。天上还有几颗懒得下去的大星，云色在灰白中稍微带出些蓝，清凉，暗淡。到处是焦烟的气味，空中游动着一些白烟。铺户全敞着门，没有一个整窗子，大人和小徒弟都在门口，或坐或立，谁也不出声，也不动手收拾什么，像一群没有主儿的傻羊。火已经停止住延烧，可是已被烧残的地方还静静的冒着白烟，吐着细小而明亮的火苗。微风一吹，那烧焦的房柱忽然又亮起来，顺着风摆开一些小火旗。最初起火的几家已成了几个巨大的焦土堆，山墙没有倒，空空的围抱着几座冒烟的坟头。最后燃烧的地方还都立着，墙与前脸全没塌倒，可是门窗一律烧掉，成了些黑洞。有一只猫还在这样的一家门口坐着，被烟熏的连连打嚏，可是还不肯离开那里。

平日最热闹体面的街口变成了一片焦木头破瓦，成群的焦柱静静的立着，东西南北都是这样，懒懒的，无聊的，欲罢不能的冒着些烟。地狱什么样？我不知道。大概这就差不多吧！我一低头，便想起往日街头上的景象，那些体面的铺户是多么华丽可爱。一抬头，眼前只剩了焦烟的那么一片。心中记得的景象与眼前看见的忽然碰到一处，碰出一些泪来。这就叫作"惨"吧？火场外有许多买卖人与学徒们呆呆的立着，手揣在袖里，对着残火发愣。遇见我们，他们只淡淡的看那么一眼,没有任何别的表示,仿佛他们已绝了望,用不着再动什么感情。

过了这一带火场,铺户全敞着门窗,没有一点动静,便道上马路上全是破碎的东西,比那火场更加凄惨。火场的样子教人一看便知道那是遭了火灾,这一片破碎静寂的铺户与东西使人莫名其妙,不晓得为什么繁华的街市会忽然变成绝大的垃圾堆。我就被派在这里站岗。我的责任是什么呢?不知道。我规规矩矩的立在那里,连动也不敢动,这破烂的街市仿佛有一股凉气,把我吸住。一些妇女和小孩子还在铺子外边拾取一些破东西,铺子的人不作声,我也不便去管;我觉得站在那里简直是多此一举。

太阳出来,街上显着更破了,像阳光下的叫花子那么丑陋。地上的每一个小物件都露出颜色与形状来,花哨的奇怪,杂乱得使人憋气。没有一个卖菜的,赶早市的,卖早点心的,没有一辆洋车,一匹马,整个的街上就是那么破破烂烂,冷冷清清,连刚出来的太阳都仿佛垂头丧气不大起劲,空空洞洞的悬在天上。一个邮差从我身旁走过去,低着头,身后扯着一条长影。我哆嗦了一下。

待了一会儿,段上的巡官下来了。他身后跟着一名巡警,两人都非常的精神在马路当中"当当"的走,好像得了什么喜事似的。巡官告诉我:注意街上的秩序,大令已经下来了!我行了礼，莫名其妙他说的是什么？那名巡警似乎看出来我的傻气，低声找补了一句："赶开那些拾东西的，大令下来了！"我没心思去执行，可是不敢公然违抗命令，我走到铺户外边，向那些妇人孩子们摆了摆手，我说不出话来！

一边这样维持秩序，我一边往猪肉铺走，为是说一声，那件大褂等我给洗好了再送来。屠户在小肉铺门口坐着呢，我没想到这样的小铺也会遭抢，可是竟自成个空铺子了。我说了句什么，屠户连头也没抬。我往铺子里望了望：大小肉墩子，肉钩子，钱筒子，油盘，凡是能拿走的吧，都被人家拿走了，只剩下了柜台和架肉案子的土台！

我又回到岗位，我的头痛得要裂。要是老教我看着这条街，我知道不久就会疯了。

大令真到了。十二名兵，一个长官，捧着就地正法的令牌，枪全上着刺刀。呕！原来还是辫子兵啊！他们抢完烧完，再出来就地正法别人；什么玩意儿呢？我还得给令牌行礼呀！

行完礼，我急快往四下里看，看看还有没有捡拾零碎东西的人，好警告他们一声。连屠户的木墩都搬了走的人民，本来值不得同情；可是被辫子兵们杀掉，似乎又太冤枉。

说时迟，那时快，一个十四五岁的男孩子没有走脱。枪刺围住了他，他手中还攥住一块木板与一只旧鞋。拉倒了，大刀亮出来，孩子喊了声"妈！"血溅出去多远，身子还抽动，头已悬在电线杆子上!

我连吐口唾沫的力量都没有了,天地都在我眼前翻转。杀人,看见过,我不怕。我是不平!我是不平!请记住这句,这就是前面所说过的,"我看出一点意思"的那点意思。想想看,把整串的金银镯子提回营去,而后出来杀个拾了双破鞋的孩子,还说就地正"法"呢!天下要有这个"法",我×"法"的亲娘祖奶奶!请原谅我的嘴这么野,但是这种事恐怕也不大文明吧?

事后,我听人家说,这次的兵变是有什么政治作用,所以打抢的兵在事后还出来弹压地面。连头带尾,一切都是预先想好了的。什么政治作用?咱不懂!咱只想再骂街。可是,就凭咱这么个"臭脚巡",骂街又有什么用呢!

## 九

　　简直我不愿再提这回事了，不过为圆上场面，我总得把问题提出来；提出来放在这里，比我聪明的人有的是，让他们自己去细咂摸吧！

　　怎么会"政治作用"里有兵变？

　　若是有意教兵来抢，当初干吗要巡警？

　　巡警到底是干吗的？是只管在街上小便的，而不管抢铺子的吗？

　　安善良民要是会打抢，巡警干吗去专拿小偷？

　　人们到底愿意要巡警不愿意？不愿意吧！为什么刚要打架就喊巡警，而且月月往外拿"警捐"？愿意吧！为什么又喜欢巡警不管事：要抢的好去抢，被抢的也一声不言语？

　　好吧，我只提出这么几个"样子"来吧！问题还多得很呢！我既不能去解决，也就不便再瞎叨叨了。这几个"样子"就真够教我糊涂的了，怎想怎不对，怎摸不清哪里是哪里，一会儿它有头有尾，一会儿又没头没尾，我这点聪明不够想这么大的事的。

　　我只能说这么一句老话，这个人民，连官儿，兵丁，巡警,带安善的良民,都"不够本"!所以,我心中的空儿就更大了呀!在这群"不够本"的人们里活着,就是个对付劲儿,别讲究什么"真"事儿,我算是看明白了。

还有个好字眼儿,别忘下:"汤儿事"。谁要是跟我一样,想不出什么好办法来,顶好用这个话,又现成,又恰当,而且可以不至把自己绕糊涂了。"汤儿事",完了;如若还嫌稍微秃一点呢,再补上"真他妈的",就挺合适。

## 十

不须再发什么议论，大概谁也能看清楚咱们国的人是怎回事了。由这个再谈到警察，稀松二五眼正是理之当然，一点也不出奇。就拿抓赌来说吧：早年间的赌局都是由顶有字号的人物做后台老板；不但官面上不能够抄拿，就是出了人命也没有什么了不得的；赌局里打死人是常有的事。赶到有了巡警之后，赌局还照旧开着，敢去抄吗？这谁也能明白，不必我说。可是，不抄吧，又太不像话；怎么办呢？有主意，检着那老实的办几案，拿几个老头儿老太太，抄去几打儿纸牌，罚上十头八块的。巡警呢，算交上了差事；社会上呢，大小也有个风声，行了。拿这一件事比方十件事，警察自从一开头就是抹稀泥。它养着一群混饭吃的人，做些个混饭吃的事。社会上既不需要真正的巡警，巡警也犯不上为六块钱卖命。这很清楚。

这次兵变过后，我们的困难增多了老些。年轻的小伙子们，抢着了不少的东西，总算发了邪财。有的穿着两件马褂，有的十个手指头戴着十个戒指，都扬扬得意的在街上扭，斜眼看着巡警，鼻子里哽哽的哼白气。我只好低下头去，本来吗，那么大的阵势，我们巡警都一声没出，事后还能怨人家小看我们吗？赌局到处都是，白抢来的钱，输光了也不折本儿呀！我们不敢去抄，想抄也抄不过来，太多了。我们在墙儿外听见人家里面喊"人九"，"对子"，只作为没听见，轻轻的走过去。反正人们在院儿里头耍，不到街上来就行。哼！人们连这点面子也不给咱们留呀！那穿两件马褂的小伙子们偏要显出一点也不怕巡警——他们的祖父，爸爸，就没怕过巡警，也没见过巡警，他们为什么这辈子应当受巡警的气呢——单要来到街上赌一场。有骰子就能开宝，蹲在地上就玩起活来。有一对石球就能踢，两人也行，五个人也行，"一毛钱一脚，踢不踢？好啦！'倒回来！'"拍，球碰了球，一毛。耍儿真不小呢，一点钟里也过手好几块。这都在我们鼻子底下，我们管不管呢？管吧！一个人，只佩着连豆腐也切不齐的刀，而赌家老是一帮年轻的小伙子。明人不吃眼前亏，巡警得绕着道儿走过去，不管的为是。可是，不幸，遇见了稽查，"你难道瞎了眼，看不见他们聚赌？"回去，至轻是记一过。这份儿委屈上哪儿诉去呢？

这样的事还多得很呢！以我自己说，我要不是佩着那么把破刀，而是拿着把手枪，跟谁我也敢碰碰，六块钱的饷银自然合不着卖命，可是泥人也有个土性，架不住碰在气头儿上。可是，我摸不着手枪，枪在土匪和大兵手里呢。明明看见了大兵坐了车不给钱，而且用皮带抽洋车夫，我不敢不笑着把他劝了走。他有枪，他敢放，打死个巡警算得了什么呢！有一年，在三等窑子里，大兵们打死了我们三位弟兄，我们连凶手也没要出来。三位弟兄白白的死了，没有一个抵偿的，连一个挨几十军棍的也没有！他们的枪随便放，我们赤手空拳，我们这是文明事儿呀！

总而言之吧，在这么个以蛮横不讲理为荣，以破坏秩序为增光耀祖的社会里，巡警简直是多余。明白了这个，再加上我们前面所说过的食不饱力不足那一套，大概谁也能明白个八九成了。我们不抹稀泥，怎么办呢？我——我是个巡警——并不求谁原谅，我只是愿意这么说出来，心明眼亮，好教大家心里有个谱儿。

爽性我把最泄气的也说了吧：当过了一二年差事，我在弟兄们中间已经是个了不得的人物。遇见官事，长官们总教我去挡头一阵。弟兄们并不因此而忌妒我，因为对大家的私事我也不走在后边。这样，每逢出个排长的缺，大家总对我咕唧："这回一定是你补缺了！"仿佛他们非常希望要我这么个排长似的。虽然排长并没落在我身上，可是我的才干是大家知道的。

我的办事诀窍，就是从前面那一大堆话中抽出来的。比方说吧，有人来报被窃，巡长和我就去察看。糙糙的把门窗户院看一过儿，顺口搭音就把我们在哪儿有岗位，夜里有几趟巡逻，都说得详详细细，有滋有味，仿佛我们比谁都精细，都卖力气。然后，找门窗不甚严密的地方，话软而意思硬的开始反攻："这扇门可不大保险，得安把洋锁吧？告诉你，安锁要往下安，门槛那溜儿就很好，不容易教贼摸到。屋里养着条小狗也是办法，狗圈在屋里，不管是多么小，有动静就会汪汪，比院里放着三条大狗还有用。先生你看，我们多留点神，你自己也得注点意，两下一凑合，准保丢不了东西了。好吧，我们回去，多派几名下夜的就是了；先生歇着吧！"这一套，把我们的责任卸了，他就赶紧得安锁养小狗；遇见和气的主儿呢，还许给我们泡壶茶喝。这就是我的本事。怎么不负责任，而且不教人看出抹稀泥来，我就怎办。话要说得好听，甜嘴蜜舌的把责任全推到一边去，准保不招灾不惹祸。弟兄们都会这一套，可是他们的嘴与神气差着点劲儿。一句话有多少种说法，把神气弄对了地方，话就能说出去又拉回来，像有弹簧似的。这点，我比他们强，而且他们还是学不了去，这是天生来的才分！

赶到我独自下夜，遇见贼，你猜我怎么办？我呀！把佩刀攥在手里，省得有响声；他爬他的墙，我走我的路，各不相扰。好吗，真要教他记恨上我，藏在黑影儿里给我一砖，我受得了吗？那谁，傻王九，不是瞎了一只眼吗？他还不是为拿贼呢！有一天，他和董志和在街口上强迫给人们剪发，一人手里一把剪刀，见着带小辫的，拉过来就是一剪子。哼！教人家记上了。等傻王九走单了的时候，人家照准了他的眼就是一把石灰："让你剪我的发，×你妈妈的！"他的眼就那么瞎了一只。你说，这差事要不像我那么去当，还活着不活着呢？凡是巡警们以为该干涉的，人们都以为是"狗拿耗子多管闲事"，有什么法子呢？

我不能像傻王九似的，平白无故的丢去一只眼睛，我还留着眼睛看这个世界呢!轻手蹑脚的躲开贼,我的心里并没闲着,我想我那俩没娘的孩子,我算计这一个月的嚼谷。也许有人一五一十的算计,而用洋钱作单位吧?我呀,得一个铜子一个铜子的算。多几个铜子,我心里就宽绰;少几个,我就得发愁。还拿贼,谁不穷呢?穷到无路可走,谁也会去偷,肚子才不管什么叫作体面呢!

## 十一

这次兵变过后,又有一次大的变动:大清国改为中华民国了。改朝换代是不容易遇上的,我可是并没觉得这有什么意思。说真的,这百年不遇的事情,还不如兵变热闹呢。据说,一改民国,凡事就由人民主管了;可是我没看见。我还是巡警,饷银没有增加,天天出来进去还是那一套。原先我受别人的气,现在我还是受气;原先大官儿们的车夫仆人欺负我们,现在新官儿手底下的人也并不和气。"汤儿事"还是"汤儿事",倒不因为改朝换代有什么改变。可也别说,街上剪发的人比从前多了一些,总得算作一点进步吧。牌九押宝慢慢的也少起来,贫富人家都玩"麻将"了,我们还是照样的不敢去抄赌,可是赌具不能不算改了良,文明了一些。

民国的民倒不怎样,民国的官和兵可了不得!像雨后的蘑菇似的,不知道哪儿来的这么些官和兵。官和兵本不当放在一块儿说,可是他们的确有些相像的地方。昨天还一脚黄土泥,今天作了官或当了兵,立刻就瞪眼;越糊涂,眼越瞪得大,好像是糊涂灯,糊涂得透亮儿。这群糊涂玩艺儿听不懂哪叫好话,哪叫歹话,无论你说什么;他们总是横着来。他们糊涂得教人替他们难过,可是他们很得意。有时候他们教我都这么想了：我这辈大概作不了文官或是武官啦！因为我糊涂的不够程度！

几乎是个官儿就可以要几名巡警来给看门护院，我们成了一种保镖的，挣着公家的钱，可为私人作事。我便被派到宅门里去。从道理上说，为官员看守私宅简直不能算作差事；从实利上讲，巡警们可都愿意这么被派出来。我一被派出来，就拔升为"三等警"；"招募警"还没有被派出来的资格呢！我到这时候才算入了"等"。再说呢，宅门的事情清闲，除了站门，守夜，没有别的事可作；至少一年可以省出一双皮鞋来。事情少，而且外带着没有危险；宅里的老爷与太太若打起架来，用不着我们去劝，自然也就不会把我们打在底下而受点误伤。巡夜呢，不过是绕着宅子走两圈，准保遇不上贼；墙高狗厉害，小贼不能来，大贼不便于来——大贼找退职的官儿去偷，既有油水，又不至于引起官面严拿；他们不惹有势力的现任官。在这里，不但用不着去抄赌，我们反倒保护着老爷太太们打麻将。遇到宅里请客玩牌，我们就更清闲自在：宅门外放着一片车马，宅里到处亮如白昼，仆人来往如梭，两三桌麻将，四五盏烟灯，彻夜的闹哄，绝不会闹贼，我们就睡大觉，等天亮散局的时候，我们再出来站门行礼，给老爷们助威。要赶上宅里有红白事，我们就更合适：喜事唱戏，我们跟着白听戏，准保都是有名的角色，在戏园子里绝听不到这么齐全。丧事呢，虽然没戏可听，可是死人不能一半天就抬出去，至少也得停三四十天，念好几棚经；好了，我们就跟着吃吧；他们死人,咱们就吃犒劳。怕就怕死小孩,既不能开吊,又得听着大家呕呕的真哭。其次是怕小姐偷偷跑了,或姨太太有了什么大错而被休出去,我们捞不着吃喝看戏,还得替老爷太太们怪不得劲儿的!

教我特别高兴的,是当这路差事,出入也随便了许多,我可以常常回家看看孩子们。在"区"里或"段"上,请会儿浮假都好不容易,因为无论是在"内勤"或"外勤",工作是刻板儿排好了的,不易调换更动。在宅门里,我站完门便没了我的事,只须对弟兄们说一声就可以走半天。这点好处常常教我害怕,怕再调回"区"里去;我的孩子们没有娘,还不多教他们看看父亲吗?

就是我不出去,也还有好处。我的身上既永远不疲乏,心里又没多少事儿,闲着干什么呢?我呀,宅上有的是报纸,闲着就打头到底的念。大报小报,新闻社论,明白吧不明白吧,我全念,老念。这个,帮助我不少,我多知道了许多的事,多识了许多的字。有许多字到如今我还念不出来,可是看惯了,我会猜出它们的意思来,就好像街面上常见着的人,虽然叫不上姓名来,可是彼此怪面善。除了报纸,我还满世界去借闲书看。不过,比较起来,还是念报纸的益处大,事情多,字眼儿杂,看着开心。唯其事多字多,所以才费劲;念到我不能明白的地方,我只好再拿起闲书来了。闲书老是那一套,看了上回,猜也会猜到下回是什么事;正因为它这样,所以才不必费力,看着玩玩就算了。报纸开心,闲书散心,这是我的一点经验。

在门儿里可也有坏处：吃饭就第一成了问题。在"区"里或"段"上，我们的伙食钱是由饷银里坐地儿扣，好歹不拘，天天到时候就有饭吃。派到宅门里来呢，一共三五个人，绝不能找厨子包办伙食，没有厨子肯包这么小的买卖的。宅里的厨房呢，又不许我们用；人家老爷们要巡警，因为知道可以白使唤几个穿制服的人，并不大管这群人有肚子没有。我们怎办呢？自己起灶，作不到，买一堆盆碗锅勺，知道哪时就又被调了走呢？再说，人家门头上要巡警原为体面好看，好，我们若是给人家弄得盆朝天碗朝地，刀勺乱响，成何体统呢？没法子，只好买着吃。

这可够别扭的。手里若是有钱，不用说，买着吃是顶自由了，爱吃什么就叫什么，弄两盅酒儿伍的，叫俩可口的菜，岂不是个乐子？请别忘了，我可是一月才共总进六块钱！吃的苦还不算什么，一顿一顿想主意可真教人难过，想着想着我就要落泪。我要省钱，还得变个样儿，不能老啃干馍馍辣饼子，像填鸭子似的。省钱与可口简直永远不能碰到一块，想想钱，我认命吧，还是弄几个干烧饼，和一块老腌萝卜，对付一下吧；想到身子，似乎又不该如此。想，越想越难过，越不能决定；一直饿到太阳平西还没吃上午饭呢！我家里还有孩子呢！我少吃一口，他们就可以多吃一口，谁不心疼孩子呢？吃着包饭，我无法少交钱；现在我可以自由的吃饭了，为什么不多给孩子们省出一点来呢？好吧，我有八个烧饼才够，就硬吃六个，多喝两碗开水，来个"水饱"！我怎能不落泪呢！

看看人家宅门里吧，老爷挣钱没数儿！是呀，只要一打听就能打听出来他拿多少薪俸，可是人家绝不指着那点固定的进项，就这么说吧，一月挣八百块的，若是干挣八百块，他怎能那么阔气呢？这里必定有文章。这个文章是这样的，你要是一月挣六块钱，你就死挣那个数儿，你兜儿里忽然多出一块钱来，都会有人斜眼看你，给你造些谣言。你要是能挣五百块，就绝不会死挣这个数儿，而且你的钱越多，人们越佩服你。这个文章似乎一点也不合理，可是它就是这么作出来的，你爱信不信！

报纸与宣讲所里常常提倡自由；事情要是等着提倡，当然是原来没有。我原没有自由；人家提倡了会子，自由还没来到我身上，可是我在宅门里看见它了。民国到底是有好处的，自己有自由没有吧，反正看见了也就得算开了眼。

你瞧，在大清国的时候，凡事都有个准谱儿；该穿蓝布大褂的就得穿蓝布大褂，有钱也不行。这个，大概就应叫作专制吧！一到民国来，宅门里可有了自由，只要有钱，你爱穿什么，吃什么，戴什么，都可以，没人敢管你。所以，为争自由，得拼命的去搂钱；搂钱也自由，因为民国没有御史。你要是没在大宅门待过，大概你还不信我的话呢，你去看看好了。现在的一个小官都比老年间的头品大员多享着点福：讲吃的，现在交通方便，山珍海味随便的吃，只要有钱。吃腻了这些还可以拿西餐洋酒换换口味；哪一朝的皇上大概也没吃过洋饭吧？讲穿的，讲戴的；讲看的听的，使的用的，都是如此；坐在屋里你可以享受全世界最好的东西。如今享福的人才真叫作享福，自然如今搂钱也比从前自由的多。别的我不敢说，我准知道宅门里的姨太太擦五十块钱一小盒的香粉，是由什么巴黎来的；巴黎在哪儿？我不知道，反正那里来的粉是很贵。我的邻居李四，把个胖小子卖了，才得到四十块钱，足见这香粉贵到什么地步了，一定是又细又香呀，一定！

好了，我不再说这个了；紧自贫嘴恶舌，倒好像我不赞成自由似的，那我哪敢呢！

我再从另一方面说几句，虽然还是话里套话，可是多少有点变化，好教人听着不俗气厌烦。刚才我说人家宅门里怎样自由，怎样阔气，谁可也别误会了人家作老爷的就整天的大把往外扔洋钱，老爷们才不这么傻呢！是呀，姨太太擦比一个小孩还贵的香粉，但是姨太太是姨太太，姨太太有姨太太的造化与本事。人家作老爷的给姨太太买那么贵的粉，正因为人家有地方可以抠出来。你就这么说吧，好比你作了老爷，我就能按着宅门的规矩告诉你许多诀窍：你的电灯，自来水，煤，电话，手纸，车马，天棚，家具，信封信纸，花草，都不用花钱；最后，你还可以白使唤几名巡警。这是规矩，你要不明白这个，你简直不配作老爷。告诉你一句到底的话吧，作老爷的要空着手儿来，满膛满馅的去，就好像刚惊蛰后的臭虫，来的时候是两张皮，一会儿就变成肚大腰圆，满兜儿血。这个比喻稍粗一点，意思可是不错。自由的搂钱，专制的省钱，两下里一合，你的姨太太就可以擦巴黎的香粉了。这句话也许说得太深奥了一些，随便吧！你爱懂不懂。

这可就该说到我自己了。按说，宅门里白使唤了咱们一年半载，到节了年了的，总该有个人心，给咱们哪怕是顿犒劳饭呢，也大小是个意思。哼！休想！人家作老爷的钱都留着给姨太太花呢，巡警算哪道货？等咱被调走的时候，求老爷给"区"里替我说句好话，咱都得感激不尽。

你看，命令下来，我被调到别处。我把铺盖卷打好，然后恭而敬之的去见宅上的老爷。看吧，人家那股子劲儿大了去啦！带理不理的，倒仿佛我偷了他点东西似的。我托咐了几句：求老爷顺便和"区"里说一声，我的差事当得不错。人家微微的一抬眼皮，连个屁都懒得放。我只好退出来了，人家连个拉铺盖的车钱也不给；我得自己把它扛了走。这就是他妈的差事，这就是他妈的人情！

## 十二

  机关和宅门里的要人越来越多了。我们另成立了警卫队，一共有五百人，专作那义务保镖的事。为是显出我们真能保卫老爷们，我们每人有一杆洋枪，和几排子弹。对于洋枪——这些洋枪——我一点也不感觉兴趣：它又沉，又老，又破，我摸不清这是由哪里找来的一些专为压人肩膀，而一点别的用处没有的玩艺儿。我的子弹老在腰间围着，永远不准往枪里搁；到了什么大难临头，老爷们都逃走了的时候，我们才安上刺刀。

  这可并非是说，我可以完全不管那枝破家伙；它虽然是那么破，我可得给它支使着。枪身里外，连刺刀，都得天天擦；即使永远擦不亮，我的手可不能闲着。心到神知！再说，有了枪，身上也就多了些玩艺儿，皮带，刺刀鞘，子弹袋子，全得弄得利落抹腻，不能像猪八戒挎腰刀那么懈懈松松的，还得打裹腿呢！

  多出这么些事来，肩膀上添了七八斤的分量，我多挣了一块钱；现在我是一个月挣七块大洋了，感谢天地！

  七块钱，扛枪，打裹腿，站门，我干了三年多。由这个宅门串到那个宅门，由这个衙门调到那个衙门；老爷们出来，我行礼；老爷进去，我行礼。这就是我的差事。这种差事才毁人呢：你说没事作吧，又有事；说有事作吧，又没事。还不如上街站岗去呢。在街上，至少得管点事，用用心思。在宅门或衙门，简直永远不用费什么一点脑子。赶到在闲散的衙门或汤儿事的宅子里，连站门的时候都满可以随便，挂着枪立着也行，抱着枪打盹也行。这样的差事教人不起一点儿劲，它生生的把人耗疲了。一个当仆人的可以有个盼望，哪儿的事情甜就想往哪儿去，我们当这份儿差事，明知一点好来头没有，可是就那么一天天的穷耗，耗得连自己都看不起了自己。按说，这么空闲无事，就应当吃得白白胖胖，也总算个体面呀。哼！我们并蹲不出膘儿来。我们一天老绕着那七块钱打算盘，穷得揪心。心要是揪上，还怎么会发胖呢？以我自己说吧，我的孩子已到上学的年岁了，我能不教他去吗？上学就得花钱，古今一理，不算出奇，可是我上哪里找这份钱去呢？作官的可以白占许多许多便宜，当巡警的连孩子白念书的地方也没有。上私塾吧，学费节礼，书籍笔墨，都是钱。上学校吧，制服，手工材料，种种本子，比上私塾还费的多。再说，孩子们在家里，饿了可以掰一块窝窝头吃；一上学，就得给点心钱，即使咱们肯教他揣着块窝窝头去，他自己肯吗？小孩的脸是更容易红起来的。

我简直没办法。这么大个活人，就会干瞪着眼睛看自己的儿女在家里荒荒着！我这辈无望了，难道我的儿女应当更不济吗？看着人家宅门的小姐少爷去上学，喝！车接车送，到门口还有老妈子丫环来接书包，抱进去，手里拿着橘子苹果，和新鲜的玩具。人家的孩子这样，咱的孩子那样；孩子不都是将来的国民吗？我真想辞差不干了。我楞当仆人去，弄俩零钱，好教我的孩子上学。

可是人就是别入了辙，入到哪条辙上便一辈子拔不出腿来。当了几年的差事——虽然是这样的差事——我事事入了辙，这里有朋友，有说有笑，有经验，它不教我起劲，可是我也仿佛不大能狠心的离开它。再说，一个人的虚荣心每每比金钱还有力量，当惯了差，总以为去当仆人是往下走一步，虽然可以多挣些钱。这可笑，很可笑，可是人就是这么个玩艺儿。我一跟朋友们说这个，大家都摇头。有的说，大家混的都很好的，干吗去改行？有的说，这山望着那山高，咱们这些苦人干什么也发不了财，先忍着吧！有的说，人家中学毕业生还有当"招募警"的呢，咱们有这个差事当，就算不错，何必呢？连巡官都对我说了：好歹混着吧，这是差事；凭你的本事，日后总有升腾！大家这么一说，我的心更活了，仿佛我要是固执起来，倒不大对得住朋友似的。好吧，还往下混吧。小孩念书的事呢？没有下文！

不久，我可有了个好机会。有位冯大人哪，官职大得很，一要就要十二名警卫；四名看门，四名送信跑道，四名作跟随。这四名跟随得会骑马。那时候，汽车还没出世，大官们都讲究坐大马车。在前清的时候，大官坐轿或坐车，不是前有顶马，后有跟班吗？这位冯大人愿意恢复这点官威，马车后得有四名带枪的警卫。敢情会骑马的人不好找，找遍了全警卫队，才找到了三个；三条腿不大像话，连巡官都急得直抓脑袋。我看出便宜来了：骑马，自然得有粮钱哪！为我的小孩念书起见，我得冒下子险，假如从马粮钱里能弄出块儿八毛的来，孩子至少也可以去私塾了。按说，这个心眼不甚好，可是我这是卖着命，我并不会骑马呀！我告诉了巡官，我愿意去。他问我会骑马不会？我没说我会，也没说我不会；他呢，反正找不到别人，也就没究根儿。

有胆子，天下便没难事。当我头一次和马见面的时候，我就合计好了：摔死呢，孩子们入孤儿院，不见得比在家里坏；摔不死呢，好，孩子们可以念书去了。这么一来，我就先不怕马了。我不怕它，它就得怕我，天下的事不都是如此吗？再说呢，我的腿脚利落，心里又灵，跟那三位会骑马的瞎扯巴了一会儿，我已经把骑马的招数知道了不少。找了匹老实的，我试了试，我手心里攥着把汗，可是硬说我有了把握。头几天，我的罪过真不小，浑身像散了一般，屁股上见了血。我咬了牙。等到伤好了，我的胆子更大起来，而且觉出来骑马的快乐。跑，跑，车多快，我多快，我算是治服了一种动物！我把马治服了，可是没把粮草钱拿过来，我白冒了险。冯大人家中有十几匹马呢，另有看马的专人，没有我什么事。我几乎气病了。可是，不久我又高兴了：冯大人的官职是这么大，这么多，他简直没有回家吃饭的工夫。我们跟着他出去，一跑就是一天。他当然喽，到处都有饭吃，我们呢？我们四个人商议了一下，决定跟他交涉，他在哪里吃饭，也得有我们的。冯大人这个人心眼还不错，他很爱马，爱面子，爱手下的人。我们一对他说，他马上答应了。这个，可是个便宜。不用往多里说。我们要是一个月准能在外边白吃半个月的饭，我们不就省下半个月的饭钱吗？我高了兴！

冯大人，我说，很爱面子。当我们去见他交涉饭食的时候，他细细看了看我们。看了半天，他摇了摇头，自言自语的说："这可不行！"我以为他是说我们四个人不行呢，敢情不是。他登时要笔墨，写了个条子："拿这个见总队长去，教他三天内都办好！"把条子拿下来，我们看了看，原来是教队长给我们换制服：我们平常的制服是斜纹布的，冯大人现在教呢子的；袖口，裤缝，和帽箍，一律要安金绦子。靴子也换，要过膝的马靴。枪要换上马枪，还另外给一人一把手枪。看完这个条子，连我们自己都觉得不合适：长官们才能穿呢衣，镶金绦，我们四个是巡警，怎能平白无故的穿上这一套呢？自然，我们不能去教冯大人收回条子去，可是我们也怪不好意思去见总队长。总队长要是不敢违抗冯大人，他满可以对我们四个人发发脾气呀！

你猜怎么着？总队长看了条子，连大气没出，照话而行，都给办了。你就说冯大人有多么大的势力吧！喝！我们四个人可抖起来了，真正细黑呢制服，镶着黄澄澄的金绦，过膝的黑皮长靴，靴后带着白亮亮的马刺，马枪背在背后，手枪挎在身旁，枪匣外搭拉着长杏黄穗子。简直可以这么说吧，全城的巡警的威风都教我们四个人给夺过来了。我们在街上走，站岗的巡警全都给我们行礼，以为我们是大官儿呢！

当我作裱糊匠的时候，稍微讲究一点的烧活，总得糊上匹菊花青的大马。现在我穿上这么抖的制服，我到马棚去挑了匹菊花青的马，这匹马非常的闹手，见了人是连啃带踢；我挑了它，因为我原先糊过这样的马，现在我得骑上匹活的；菊花青，多么好看呢！这匹马闹手，可是跑起来真作脸，头一低，嘴角吐着点白沫，长鬃像风吹着一垄春麦，小耳朵立着像俩小瓢儿；我只须一认镫，它就要飞起来。这一辈子，我没有过什么真正得意的事；骑上这匹菊花青大马，我必得说，我觉到了骄傲与得意！

按说，这回的差事总算过得去了，凭那一身衣裳与那匹马还不值得高高兴兴的混吗？哼！新制服还没穿过三个月，冯大人吹了台，警卫队也被解散；我又回去当三等警了。

# 十三

警卫队解散了。为什么？我不知道。我被调到总局里去当差，并且得了一面铜片的奖章，仿佛是说我在宅门里立下了什么功劳似的。在总局里，我有时候管户口册子，有时候管铺捐的账簿，有时候值班守大门，有时候看管军装库。这么二三年的工夫，我又把局子里的事情全明白了个大概。加上我以前在街面上，衙门口和宅门里的那些经验，我可以算作个百事通了，里里外外的事，没有我不晓得的。要提起警务，我是地道内行。可是一直到这个时候，当了十年的差，我才升到头等警，每月挣大洋九元。

大家伙或者以为巡警都是站街的，年轻轻的好管闲事。其实，我们还有一大群人在区里局里藏着呢。假若有一天举行总检阅，你就可以看见些稀奇古怪的巡警：罗锅腰的，近视眼的，掉了牙的，瘸着腿的，无奇不有。这些怪物才真是巡警中的盐，他们都有资格有经验，识文断字，一切公文案件，一切办事的诀窍，都在他们手里呢。要是没有他们，街上的巡警就非乱了营不可。这些人，可是永远不会升腾起来；老给大家办事，一点起色也没有，平生连出头露面的体面一次都没有过。他们任劳任怨的办事，一直到他们老得动不了窝，老是头等警,挣九块大洋。多嗒你在街上看见:穿着洗得很干净的灰色大褂,脚底下可还穿着巡警的皮鞋,用脚后跟慢慢的走,仿佛支使不动那双鞋似的,那就准是这路巡警。他们有时候也到大"酒缸"上,喝一个"碗酒",就着十几个花生豆儿,挺有规矩,一边往下咽那点辣水,一边叹着气。头发已经有些白的了,嘴巴儿可还刮得很光,猛看很像个太监。他们很规则,和蔼,会作事,他们连休息的时候还得穿着那双不得人心的鞋!

跟这群人在一处办事,我长了不少的知识。可是,我也有点害怕:莫非我也就这样下去了吗?他们够多么可爱,又多么可怜呢!看着他们,我心中时常忽然凉那么一下,教我半天说不上话来。不错,我比他们都年岁小,也不见得比他们不精明,可是我有希望没有呢?年岁小?我也三十六了!

这几年在局子里可也有一样好处,我没受什么惊险。这几年,正是年年春秋准打仗的时期,旁人受的罪我先不说,单说巡警们就真够瞧的。一打仗,兵们就成了阎王爷,而巡警头朝了下!要粮,要车,要马,要人,要钱,全交派给巡警,慢一点送上去都不行。一说要烙饼一万斤,得,巡警就得挨着家去到切面铺和烙烧饼的地方给要大饼;饼烙得,还得押着清道夫给送到营里去;说不定还挨几个嘴巴回来!

要单是这么伺候着兵老爷们,也还好;不,兵老爷们还横反呢。凡是有巡警的地方,他们非捣乱不可,巡警们管吧不好,不管吧也不好,活受气。世上有糊涂人,我晓得;但是兵们的糊涂令我不解。他们只为逞一时的字号,完全不讲情理;

不讲情理也罢，反正得自己别吃亏呀；不，他们连自己吃亏不吃亏都看不出来，你说天下哪里再找这么糊涂的人呢。就说我的表弟吧，他已当过十多年的兵，后来几年还老是排长，按说总该明白点事儿了。哼！那年打仗，他押着十几名俘虏往营里送。喝！他得意非常的在前面领着，仿佛是个皇上似的。他手下的弟兄都看出来，为什么不先解除了俘虏的武装呢？他可就是不这么办，拍着胸膛说一点错儿没有。走到半路上，后面响了枪，他登时就死在了街上。他是我的表弟，我还能盼着他死吗？可是这股子糊涂劲儿，教我也没法抱怨开枪打他的人。有这样一个例子，你也就能明白一点兵们是怎样的难对付了。你要是告诉他，汽车别往墙上开，好啦，他就非去碰碰不可，把他自己碰死倒可以，他就是不能听你的话。

　　在总局里几年，没别的好处，我算是躲开了战时的危险与受气。自然罗！一打仗，煤米柴炭都涨价儿，巡警们也随着大家一同受罪，不过我可以安坐在公事房里，不必出去对付大兵们，我就得知足。

　　可是，在局里我又怕一辈子就窝在那里，永没有出头之日，有人情，可以升腾起来；没人情而能在外边拿贼办案，也是个路子，我既没人情，又不到街面上去，打哪儿升高一步呢？我越想越发愁。

## 十四

到我四十岁那年,大运亨通,我补了巡长!我顾不得想已经当了多少年的差,卖了多少力气,和巡长才挣多少钱;都顾不得想了。我只觉得我的运气来了!

小孩子拾个破东西,就能高兴的玩耍半天,所以小孩子能够快乐。大人们也得这样,或者才能对付着活下去。细细一想,事情就全糟。我升了巡长,说真的,巡长比巡警才多挣几块钱呢?挣钱不多,责任可有多么大呢!往上说,对上司们事事得说出个谱儿来;往下说,对弟兄们得及精明又热诚;对内说,差事得交得过去;对外说,得能不软不硬的办了事。这,比作知县难多了。县长就是一个地方的皇上,巡长没那个身份,他得认真办事,又得敷衍事,真真假假,虚虚实实,哪一点没想到就出蘑菇。出了蘑菇还是真糟,往上升腾不易呀,往下降可不难呢。当过了巡长再降下来,派到哪里去也不吃香:弟兄们咬吃,喝!你这作过巡长的,……这个那个的扯一堆。长官呢,看你是刺儿头,故意的给你小鞋穿,你怎么忍也忍不下去。怎办呢?哼!由巡长而降为巡警,顶好干脆卷铺盖家去,这碗饭不必再吃了。可是,以我说吧,四十岁才升上巡长,真要是卷了铺盖,我干吗去呢?

真要是这么一想,我登时就得白了头发。幸而我当时没这么想,只顾了高兴,把坏事儿全放在了一旁。我当时倒这么想:四十作上巡长,五十——哪怕是五十呢!——再作上巡官,也就算不白当了差。咱们非学校出身,又没有大人情,能作到巡官还算小吗?这么一想,我简直的拼了命,精神百倍的看着我的事,好像看着颗夜明珠似的!

作了二年的巡长,我的头上真见了白头发。我并没细想过一切,可是天天揪着心,唯恐哪件事办错了,担了处分。白天,我老喜笑颜开的打着精神办公;夜间,我睡不实在,忽然想起一件事,我就受了一惊似的,翻来覆去的思索;未必能想出办法来,我的困意可也就不再回来了。

公事而外,我为我的儿女发愁:儿子已经二十了,姑娘十八。福海——我的儿子——上过几天私塾,几天贫儿学校,几天公立小学。字吗,凑在一块儿他大概能念下来第二册国文;坏招儿,他可学会了不少,私塾的,贫儿学校的,公立小学的,他都学来了,到处准能考一百分,假若学校里考坏招数的话。本来吗,自幼失了娘,我又终年在外边瞎混,他可不是爱怎么反就怎么反啵。我不恨铁不成钢去责备他,也不抱怨任何人,我只恨我的时运低,发不了财,不能好好的教育他。我不算对不起他们,我一辈子没给他们弄个后娘,给他们气受。至于我的时运不济,只能当巡警,那并非是我的错儿,人还能大过天去吗?

福海的个子可不小,所以很能吃呀!一顿胡搂三大碗芝麻酱拌面，有时候还说不很饱呢！就凭他这个吃法，他再有我这么两份儿爸爸也不中用！我供给不起他上中学，他那点"秀气"也没法考上。我得给他找事作。哼！他会作什么呢？从老早，我心里就这么嘀咕：我的儿子楞可去拉洋车，也不去当巡警；我这辈子当够了巡警，不必世袭这份差事了！在福海十二三岁的时候，我教他去学手艺，他哭着喊着的一百个不去。不去就不去吧，等他长两岁再说；对个没娘的孩子不就得格外心疼吗？到了十五岁，我给他找好了地方去学徒，他不说不去，可是我一转脸，他就会跑回家来。几次我送他走，几次他偷跑回来。于是只好等他再大一点吧，等他心眼转变过来也许就行了。哼！从十五到二十，他就愣荒荒过来，能吃能喝，就是不爱干活儿。赶到教我给逼急了："你到底愿意干什么呢？你说！"他低着脑袋，说他愿意挑巡警！他觉得穿上制服，在街上走，既能挣钱，又能就手儿散心，不像学徒那样永远圈在屋里。我没说什么，心里可刺着痛。我给打了个招呼，他挑上了巡警。我心里痛不痛的，反正他有事作，总比死吃我一口强啊。父是英雄儿好汉，爸爸巡警儿子还是巡警，而且他这个巡警还必定跟不上我。我到四十岁才熬上巡长，他到四十岁，哼！不教人家开革出来就是好事！没盼望！我没续娶过，因为我咬得住牙。他呢，赶明儿个难道不给他成家吗？拿什么养着呢？

是的，儿子当了差，我心中反倒堵上个大疙疸！再看女儿呀，也十八九了，紧自搁在家里算怎回事呢？当然，早早撮出去的为是，越早越好。给谁呢？巡警，巡警，还得是巡警？一个人当巡警，子孙万代全得当巡警，仿佛掉在了巡警阵里似的。可是，不给巡警还真不行呢：论模样，她没什么模样；论教育，她自幼没娘，只认识几个大字；论赔送，我至多能给她作两件洋布大衫；论本事，她只能受苦，没别的好处。巡警的女儿天生来的得嫁给巡警，八字造定，谁也改不了！

唉！给了就给了啵！撮出她去，我无论怎说也可以心净一会儿。并非是我心狠哪，想想看，把她撂到二十多岁，还许就剩在家里呢。我对谁都想对得起，可是谁又对得起我来着！我并不想唠里唠叨的发牢骚，不过我愿把事情都撂平了，谁是谁非，让大家看。

当她出嫁的那一天，我真想坐在那里痛哭一场。我可是没有哭；这也不是一半天的事了，我的眼泪只会在眼里转两转，简直的不会往下流！

## 十五

儿子有了事作,姑娘出了阁,我心里说:这我可能远走高飞了!假若外边有个机会,我楞把巡长搁下,也出去见识见识。什么发财不发财的,我不能就窝囊这么一辈子。

机会还真来了。记得那位冯大人呀,他放了外任官。我不是爱看报吗?得到这个消息,就找他去了,求他带我出去。他还记得我,而且愿意这么办。他教我去再约上三个好手,一共四个人随他上任。我留了个心眼,请他自己向局里要四名,作为是拨遣。我是这么想:假若日后事情不见佳呢,既省得朋友们抱怨我,而且还可以回来交差,有个退身步。他看我的办法不错,就指名向局里调了四个人。

这一喜可非同小喜。就凭我这点经验知识,管保说,到哪儿我也可以作个很好的警察局局长,一点不是瞎吹!一条狗还有得意的那一天呢,何况是个人?我也该抖两天了,四十多岁还没露过一回脸呢!

果然,命令下来,我是卫队长;我乐得要跳起来。

哼!也不是咱的命不好,还是冯大人的运不济;还没到任呢,又撤了差。猫咬尿泡,瞎欢喜一场!幸而我们四个人是调用,不是辞差;冯大人又把我们送回局里去了。我的心里既为这件事难过，又为回局里能否还当巡长发愁，我脸上瘦了一圈。

幸而还好，我被派到防疫处作守卫，一共有六位弟兄，由我带领。这是个不错的差事，事情不多，而由防疫处开我们的饭钱。我不确实的知道，大概这是冯大人给我说了句好话。

在这里，饭钱既不必由自己出，我开始攒钱，为是给福海娶亲——只剩了这么一档子该办的事了，爽性早些办了吧！

在我四十五岁上，我娶了儿媳妇——她的娘家父亲与哥哥都是巡警。可倒好，我这一家子，老少里外，全是巡警，凑吧凑吧，就可以成立个警察分所！

人的行动有时候莫名其妙。娶了儿媳妇以后，也不知怎么我以为应当留下胡子，才够作公公的样子。我没细想自己是干什么的，直入公堂的就留下胡子了。小黑胡子在我嘴上，我捻上一袋关东烟，觉得挺够味儿。本来吗，姑娘聘出去了，儿子成了家，我自己的事又挺顺当，怎能觉得不是味儿呢？

哼！我的胡子惹下了祸。总局局长忽然换了人，新局长到任就检阅全城的巡警。这位老爷是军人出身，只懂得立正看齐，不懂得别的。在前面我已经说过，局里区里都有许多老人们，长相不体面，可是办事多年，最有经验。我就是和局里这群老手儿排在一处的，因为防疫处的守卫不属于任何警区，所以检阅的时候便随着局里的人立在一块儿。

当我们站好了队，等着检阅的时候，我和那群老人们还有说有笑，自自然然的。我们心里都觉得，重要的事情都归我们办，提哪一项事情我们都知道，我们没升腾起来已经算很委屈了，谁还能把我们踢出去吗？上了几岁年纪，诚然，可是我们并没少作事儿呀！即使说老朽不中用了，反正我们都至少当过十五六年的差，我们年轻力壮的时候是把精神血汗耗费在公家的差事上，冲着这点，难道还不留个情面吗？谁能够看狗老了就一脚踢出去呢？我们心中都这么想，所以满没把这回事放在心里，以为新局长从远处瞭我们一眼也就算了。

局长到了，大个子胸前挂满了徽章，又是喊，又是蹦，活像个机器人。我心里打开了鼓。他不按着次序看，一眼看到我们这一排，他猛虎扑食似的就跑过来了。岔开脚，手握在背后，他向我们点了点头。然后忽然他一个箭步跳到我们跟前，抓起一个老书记生的腰带，象摔跤似的往前一拉，几乎把老书记生拉倒；抓着腰带，他前后摇晃了老书记生几把，然后猛一撒手，老书记生摔了个屁股墩。局长对准了他就是两口唾沫，"你也当巡警！连腰带都系不紧？来！拉出去毙了！"

我们都知道，凭他是谁，也不能枪毙人。可是我们的脸都白了，不是怕，是气的。那个老书记生坐在地上，哆嗦成了一团。

局长又看了看我们，然后用手指划了条长线，"你们全滚出去，别再教我看见你们！你们这群东西也配当巡警！"说完这个，仿佛还不解气，又跑到前面，扯着脖子喊："是有胡子的全脱了制服，马上走！"

有胡子的不止我一个，还都是巡长巡官，要不然我也不敢留下这几根惹祸的毛。

二十年来的服务,我就是这么被刷下来了。其实呢,我虽四十多岁,我可是一点也不显着老苍,谁教我留下了胡子呢!这就是说,当你年轻力壮的时候,你把命卖上,一月就是那六七块钱。你的儿子,因为你当巡警,不能读书受教育;你的女儿,因为你当巡警,也嫁个穷汉去吃窝窝头。你自己呢,一长胡子,就算完事,一个铜子的恤金养老金也没有,服务二十年后,你教人家一脚踢出来,象踢开一块碍事的砖头似的。五十以前,你没挣下什么,有三顿饭吃就算不错;五十以后,你该想主意了,是投河呢,还是上吊呢?这就是当巡警的下场头。

二十年来的差事,没作过什么错事,但我就这样卷了铺盖。

弟兄们有含着泪把我送出来的,我还是笑着;世界上不平的事可多了,我还留着我的泪呢!

## 十六

穷人的命——并不像那些施舍稀粥的慈善家所想的——不是几碗粥所能救活了的;有粥吃,不过多受几天罪罢了,早晚还是死。我的履历就跟这样的粥差不多,它只能帮助我找上个小事,教我多受几天罪;我还得去当巡警。除了说我当巡警,我还真没法介绍自己呢!它就像颗不体面的痣或瘤子,永远跟着我。我懒得说当过巡警,懒得再去当巡警,可是不说不当,还真连碗饭也吃不上,多么可恶呢!

歇了没有好久,我由冯大人的介绍,到一座煤矿上去作卫生处主任,后来又升为矿村的警察分所所长;这总算运气不坏。在这里我很施展了些我的才干与学问:对村里的工人,我以二十年服务的经验,管理得真叫不错。他们聚赌,斗殴,罢工,闹事,醉酒,就凭我的一张嘴,就事论事,干脆了当,我能把他们说得心服口服。对弟兄们呢,我得亲自去训练。他们之中有的是由别处调来的,有的是由我约来帮忙的,都当过巡警;这可就不容易训练,因为他们懂得一些警察的事儿,而想看我一手儿。我不怕,我当过各样的巡警,里里外外我全晓得;凭着这点经验,我算是没被他们给撅了。对内对外,我全有办法,这一点也不瞎吹。

假若我能在这里混上几年，我敢保说至少我可以积攒下个棺材本儿，因为我的饷银差不多等于一个巡官的，而到年底还可以拿一笔奖金。可是，我刚作到半年，把一切都布置得有个大概了，哼！我被人家顶下来了。我的罪过是年老与过于认真办事。弟兄们满可以拿些私钱，假若我肯睁着一只闭着一只眼的话。我的两眼都睁着，种下了毒。对外也是如此，我明白警察的一切，所以我要本着良心把此地的警务办得完完全全，真像个样儿。还是那句话，人民要不是真正的人民，办警察是多此一举，越办得好越招人怨恨。自然，容我办上几年，大家也许能看出它的好处来。可是，人家不等办好，已经把我踢开了。

在这个社会中办事，现在才明白过来，就得像发给巡警们皮鞋似的。大点，活该！小点，挤脚？活该！什么事都能办通了，你打算合大家的适，他们要不把鞋打在你脸上才怪。这次的失败，因为我忘了那三个宝贝字——"汤儿事"，因此我又卷了铺盖。

这回，一闲就是半年多。从我学徒时候起，我无事也忙，永不懂得偷闲。现在，虽然是奔五十的人了，我的精神气力并不比那个年轻小伙子差多少。生让我闲着，我怎么受呢？由早晨起来到日落，我没有正经事作，没有希望，跟太阳一样，就那么由东而西的转过去；不过，太阳能照亮了世界，我呢，心中老是黑糊糊的。闲得起急，闲得要躁，闲得讨厌自己，可就是摸不着点儿事作。想起过去的劳力与经验，并不能自慰，因为劳力与经验没给我积攒下养老的钱,而我眼看着就是挨饿。我不愿人家养着我,我有自己的精神与本事,愿意自食其力的去挣饭吃。我的耳目好像作贼的那么尖,只要有个消息,便赶上前去,可是老空着手回来,把头低得无可再低,真想一跤摔死,倒也爽快!还没到死的时候,社会像要把我活埋了!晴天大日头的,我觉得身子慢慢往土里陷;什么缺德的事也没作过,可是受这么大的罪。一天到晚我叼着那根烟袋,里边并没有烟,只是那么叼着,算个"意思"而已。我活着也不过是那么个"意思",好像专为给大家当笑话看呢!好容易,我弄到个事:到河南去当盐务缉私队的队兵。队兵就队兵吧,有饭吃就行呀!借了钱,打点行李,我把胡子剃得光光的上了"任"。

半年的工夫,我把债还清,而且升为排长。别人花俩,我花一个,好还债。别人走一步,我走两步,所以升了排长。委屈并挡不住我的努力,我怕失业。一次失业,就多老上三年,不饿死,也憋闷死了。至于努力挡得住失业挡不住,那就难说了。

我想——哼!我又想了!——我既能当上排长,就能当上队长,不又是个希望吗?这回我留了神,看人家怎作,我也怎作。人家要私钱,我也要,我别再为良心而坏了事;良心在这年月并不值钱。假若我在队上混个队长,连公带私,有几年的工夫,我不是又可以剩下个棺材本儿吗?我简直的没了大志向,只求腿脚能动便去劳动;多咱动不了窝,好,能有个棺材把我装上，不至于教野狗们把我嚼了。我一眼看着天，一眼看着地。我对得起天，再求我能静静的躺在地下。并非我倚老卖老，我才五十来岁；不过，过去的努力既是那么白干一场，我怎能不把眼睛放低一些，只看着我将来的坟头呢！我心里是这么想，我的志愿既这么小，难道老天爷还不睁开点眼吗？

来家信，说我得了孙子。我要说我不喜欢，那简直不近人情。可是，我也必得说出来：喜欢完了，我心里凉了那么一下，不由的自言自语的嘀咕："哼！又来个小巡警吧！"一个作祖父的，按说，哪有给孙子说丧气话的，可是谁要是看过我前边所说的一大片，大概谁也会原谅我吧？有钱人家的儿女是希望，没钱人家的儿女是累赘；自己的肚中空虚，还能顾得子孙万代，和什么"忠厚传家久，诗书继世长"吗？

我的小烟袋锅儿里又有了烟叶，叼着烟袋，我咂摸着将来的事儿。有了孙子，我的责任还不止于剩个棺材本儿了；儿子还是三等警，怎能养家呢？我不管他们夫妇，还不管孙子吗？这教我心中忽然非常的乱，自己一年比一年的老，而家中的嘴越来越多，哪个嘴不得用窝窝头填上呢！我深深的打了几个嗝儿，胸中仿佛横着一口气。算了吧，我还是少思索吧，没头儿，说不尽！个人的寿数是有限的，困难可是世袭的呢！子子孙孙，万年永实用，窝窝头！

风雨要是都按着天气预测那么来，就无所谓狂风暴雨了。困难若是都按着咱们心中所思虑的一步一步慢慢的来，也就没有把人急疯了这一说了。我正盘算着孙子的事儿，我的儿子死了!

他还并没死在家里呀!我还得去运灵。

福海,自从成家以后,很知道要强。虽然他的本事有限,可是他懂得了怎样尽自己的力量去作事。我到盐务缉私队上来的时候,他很愿意和我一同来,相信在外边可以多一些发展的机会。我拦住了他,因为怕事情不稳,一下子再教父子同时失业,如何得了。可是,我前脚离开了家,他紧随着也上了威海卫。他在那里多挣两块钱。独自在外,多挣两块就和不多挣一样,可是穷人想要强,就往往只看见了钱,而不多合计合计。到那里,他就病了;舍不得吃药。及至他躺下了,药可也就没了用。

把灵运回来,我手中连一个钱也没有了。儿媳妇成了年轻的寡妇,带着个吃奶的小孩,我怎么办呢?我没法再出外去作事,在家乡我又连个三等巡警也当不上,我才五十岁,已走到了绝路。我羡慕福海,早早的死了,一闭眼三不知;假若他活到我这个岁数,至好也不过和我一样,多一半还许不如我呢!儿媳妇哭,哭得死去活来,我没有泪,哭不出来,我只能满屋里打转,偶尔的冷笑一声。

以前的力气都白卖了。现在我还得拿出全套的本事,去给小孩子找点粥吃。我去看守空房;我去帮着人家卖菜;我去作泥水匠的小工子活;我去给人家搬家……除了拉洋车,我什么都作过了。无论作什么,我还都卖着最大的力气,留着十分的小心。五十多了,我出的是二十岁的小伙子的力气,肚子里可是只有点稀粥与窝窝头，身上到冬天没有一件厚实的棉袄，我不求人白给点什么，还讲仗着力气与本事挣饭吃，豪横了一辈子，到死我还不能输这口气。时常我挨一天的饿，时常我没有煤上火，时常我找不到一撮儿烟叶，可是我决不说什么；我给公家卖过力气了，我对得住一切的人，我心里没毛病，还说什么呢？我等着饿死，死后必定没有棺材，儿媳妇和孙子也得跟着饿死，那只好就这样吧！谁教我是巡警呢！我的眼前时常发黑，我仿佛已摸到了死，哼！我还笑，笑我这一辈的聪明本事，笑这出奇不公平的世界，希望等我笑到末一声，这世界就换个样儿吧！

# 文博士

# 序

　　作者书社出版部早就约我写篇较长的文章，有种种原因，使我不敢答应。眼看到寒假了，出版部先生的信又来到，附着请帖，约定在香港吃饭。赔上几十块路费也得去呀，交情要紧。继而一想，不赔上路费而也能圆上脸，有没有办法呢？这一想，便中了计。写文章吧，没有旁的可说。答应了。

　　答应了，写什么呢？我自己也不知道，这可真难倒了英雄好汉。大体上说，长篇总是小说喽，我没有写诗史的本领，对戏剧是超等外行。只能写小说——好坏是另一问题。写什么呢？想了好久，题目决定为《文博士》。是什么呢？不能说，说破就不灵了。内容？还是不能说，没想出来呢，再逼我，要上吊去了。我实在想不出答复来。这不是发牢骚，也不是道歉，这是广告。广告不可骗人过甚，所以我不能说：读完此篇，独得十五万元，也算序。

一九四〇，十二，五，老舍于滇上

# 第一章

每逢路过南门或西门，看见那破烂的城楼与城墙上的炮眼，文博士就觉得一阵恶心，像由饭菜里吃出个苍蝇来那样。恶心，不是伤心。文博士并不十分热心记着五三惨案。他是觉得这样的破东西不应该老摆在大街上；能修呢，修；不能修呢，干脆拆去！既不修理，不又拆去，这就见出中国的没希望。

中国的所以没希望，第一是因为没有人才，第二是因为有几个人才而国家社会不晓得去拔用。文博士这么想。以他自己说吧，回国已经半年了，还没找到事情作。上海，南京，北平，都跑过了，空费了些路费与带博士头衔的名片，什么也没弄到手。最后，他跑到济南来；一看见破城楼便恶心。

当他初回来的时候，他就知道不能拿中国与美国比，这不仅是原谅中国，也是警告自己不要希望得过高。按理说，他一回来便应得到最高的地位与待遇。倘若能这样，他必定有方法来救救这个落伍的国家；即使自己想不出好主意来，至少他有那一套美国办法可以应用。算算看吧，全国可有多少博士？可有多少在美国住过五年的？这不是明摆着的事？可是，他早就预备好做退一步想，事情不要操之过切，中国是中国；他只希望每月进四五百块钱,慢慢地先对付着,等到羽翼已成,再向顶高的地方飞。他深信自己必能打入社会的最上层去,不过须缓缓的来,由教授或司长之类的地位往上爬,即使爬不上去,也不至于再往下落。志愿要大,步骤要稳,他不敢希望这个社会真能一下子就认清博士的价值。他不便完全看不起中国,因为自己到底得在这里施展本事——往不好听里说,是必须在中国挣饭吃。他想好了,既是得吃中国饭,就得——不管愿意不愿意——同情于这些老人民,承认他们是他的同胞,可怜他们,体谅他们。即使他们不能事事处处按照美国标准来供养他,他也只好将就着,忍受着,先弄个四五百元的事混着。

　　回来半年了,半年了,竟自没他的事做!他并没因此而稍微怀疑过他自己;他的本事,他的博士学位,不会有什么错儿,不会。那么,错处是在国家与社会,一个瞎了眼的国家,一个不识好歹的社会,他没办法。他,美国博士,不能从下层社会拾个饭碗,抢点饭吃;他必须一坐就坐在楼上。要是他得从扫地挑水做起,何必去上美国得博士?他开始厌恶这个不通情理的社会,处处惹他恶心,那俩城楼就是中国办法的象征。假若不为挣钱吃饭,他真不想再和这个破社会有什么来往!这个社会使他出不来气。

　　更可气的是,以能力说,他在留学生里也是有头有脸的人物;在留学生里能露两手儿,可是容易的事?哼,到了国内,反倒一天到晚皮鞋擦着土路,愣会找不到个事;他真想狂笑一场了。

在留学期间，他就时时处处留着神，能多交一个朋友便多交一个，为是给将来预备下帮手。见着谁，他也不肯轻易放过，总得表示出："咱们联合起来，将来回到国内，这是个势力！"对比他钱多，身份高的，他特别的注意，能够于最短期间变成在一块儿嘀咕的朋友。比他身份低的，他也不肯冷淡。他知道这些苦读书的青年都有个光明的将来，他必须拉拢住他们，鼓励他们："咱们联合起来，一群人的势力必定比一个人的大；捧起一个，咱们大家就都能起来！咱们不愁；想当初，一个寒士中了状元，马上妻财位禄一概俱全。咱们就是当代的状元，地位，事业，都给咱们留着呢；就是那有女儿的富家也应当连人带钱双手捧送过来！不是咱们的希望过高，是理应如此！"这个，即使打不动他们的心，到底大家对他亲密了一些。自然也有几个根本不喜欢听这一套的，可是他也并不和他们红着脸争辩，而心里说：有那么一天，你们会想起我的话来！

这样，贫的富的都以他为中心而联合起来——至少是他自己这么觉得——他越来越相信自己的才力与手腕。有时候宁肯少读些书，他也不肯放弃这种交际与宣传。留学生中彼此有什么一点小的冲突，他总要下功夫去探听，猜测，而后去设法调解。他觉得他是摸住大家的脉路，自己是他们的心房，他给大家以消息，思想，灵感，计划。越来越自信，越来越喜爱这种工作，东边嘀咕嘀咕，西边扫听扫听，有时觉得疲乏，可是心里很痛快。

他不算个不爱读书的人，可是慢慢地他看出来，专指着读书是危险的。有几个专心读书的人，总不肯和他亲近，甚至于不愿和他说话。他觉出来，人不可以成个书呆子；有学问而乖僻，还不如没有多少学问而通达人情世故。人生不应抓住学问，而是应把握住现实，他说。在他所谓的把握住现实之下，事情并不难做：种种代表，种种讲演，种种集会，种种打电报发传单，他都做过了，都很容易，而做得不算不漂亮。因为欣喜自己的做事漂亮，进一步就想到这些事也并不容易，而是自己有本事，在有本事的人手里什么事儿才也不难。

在美国五年——本来预备住四年，因为交际与别种工作，论文交不上，所以延长了一年——他的体态相貌蜕去少年时代的天真与活泼，而慢慢都有了定型，不容易再有多大变化。就是服装也有了一定的风格，至少是在得到博士学位前后不会有什么大的改动。中等的身材，不见得胖，可是骨架很大，显着不甚灵活。方脸：腮，额，都见棱见角，虽然并不瘦。头发很黑很多很低很硬，发旋处老直立着一小股，像个小翅膀；时常用手拍按，用化学的小梳子调整，也按不倒。粗眉，圆眼，鼻子横宽，嘴很厚。见棱见角的方脸，配上这些粗重的口鼻，显着很迟笨。他自己最得意的是脸色，黄白，不暗也不亮，老像刚用热手巾擦完，扑上了点粉那样。这个脸色他带出些书气。

他似乎知道自己不甚体面，所以很注意表情：在听人讲话的时候，他紧紧的拧起那双粗眉，把厚嘴闭严，嘴角用力下垂，表示出非常的郑重，即使人们不喜欢他，也不好意思不跟他一问一答的谈,他既是这么郑重诚挚。轮到他自己开口的时候,他的圆眼会很媚的左右撩动,补充言语所不能传达到的意思或感情。说高了兴,他不是往前凑一凑,便是用那骨骼大且硬的手拉人家一下。说完一句自以为得意的话,他的鼻上纵起些碎折,微微吐出点舌头,"啼"!迸出些星沫;赶紧用手遮住口,在手后唧唧的笑。他的话即使不是卑鄙无聊,可也没有什么高明的地方;不过,有眼,鼻,口等的帮忙,使人不好意思不听着,仿佛他的专长就是抓住了大家的不好意思。

　　唯一得意的地方既是淡黄的脸色,所以他的服装很素净,黑的或是深灰的洋服,黑鞋,高白硬领;只有领带稍带些鲜明的纹色,以免装束得像个神学的学生。这样打扮,也可以省些钱,不随着时尚改变风格与色彩,只求干净整齐;他并不是很有钱的人。

　　在美国住了五年,他真认识了不少人。留学生们你来我去,欢迎与欢送的工作总是他的,他的站台票钱花得比谁都多。他的消息灵通,腿脚勤紧,一得到消息,他就准备上车站。打扮整齐,走得很有力气,脚掌辗地,一辗,身子跟着一挺。脖子不动,目不旁视的一路走去,仿佛大家都在注意他,不好意思往左右看似的。他舍不得钱去坐车,可是赶上给女友送行,就是借点钱,也得买一束鲜花。把人们接来或送走,他又得到许多谈话资料:谁谁是怎个身份,在美国研究什么,在国内接近某方面,将来的工作是什么,他都有详细的报告,而且劝告大家对此人如何的注意。工作,方面,关系,发展,这些字眼老在他的嘴边上，说得纯熟而亲切，仿佛这些留学生的命运都应当由他支配；至少他也像个相士，断定了大家的利钝成败。

当他得到学位，离开美国，到了船上的时候，他看着那茫茫的大海，心中有点难过，一种并非不甜美的难过。无边无际的海水，一浪催着一浪，一直流向天涯，没有一点归宿。他自己呢，五年的努力，得了博士；五年的交际活动，结识了那么多有起色的青年；不虚此行！那在他以前回国的，不啻是为他去开辟道路，只要找到他们，不愁没他的事做；那些还在美国的呢，将来依次的归国，当然和他互通声气，即使不是受他指导与帮助的话。天水茫茫，可是他有了身份，有了办法，所以在满意之中，不好意思的不发一些闲愁，一些诗意的轻叹。

平日，他很能吃；在船上这几天，他吃得更多；吃完，在甲板上一坐，睡觉或是看海，心中非常的平静。摸着脸上新添的肉，他觉得只要自己不希望过高，四五百块钱的事，和带过来几万赔送的夫人，是绝不会落空的。有了事之后，凭他的本事与活动，不久就有些发展也是必然的。

在上海与南京，他确是见了不少的朋友，有的显出相当的客气，有的很冷淡；对于事情，有的乐观，有的悲观，一概没有下落！他的脸又瘦了下去。他可是并不死心，不敢偷懒。到各处去打听朋友们的工作，关系，与将来的发展，他总以为朋友们是各自有了党派系属，所以不肯随便的拉拔他一把；他得抄着根儿，先把路子探清，再下手才能准确。果然，被他打听出不少事儿来，这些事又比在美国读书时所遇到的复杂多了，几乎使他迷乱，不知所从。事情可是始终没希望。

他感觉到南边复杂，于是来到北平；北平是个大学城，至不济他还能谋个教授。这次他是先去打听教育界的党系，关系，联属；打听明白再进行自己的事。跑了不少的路，打听来不少的事，及至来到谋事上，没希望。

失败使他更坚定了信仰——虽然他很善于探听消息，很会把二与二加在一处，到底他还是没打进去；想找到事，他得打进一个团体或党系，死抱住不放，才能成功。博士，学问，本事，几乎都可以搁在一边不管，得先"打进去"！这个社会，凭他几个月的观察来说，是个大泥塘，只管往下陷人，不懂得什么人才，哪叫博士；只有明眼的才能一跳，跳到泥塘里埋藏着的那块石头上；一块一块的找，一步一步的迈，到最后，泥塘的终点有个美的园林。他不能甘心跳下泥塘去，他得找那些石头。

最后，他找出点路子来，指示给他：到济南去。

# 第二章

在北平，教授虽无望，文博士总可以拿到几个钟点。他不肯这样零卖。一露面就这么窝窝囊囊，他不干。哪怕是教授的名义，而少拿点钱，倒能行。新回国的博士不能做倒了名誉。名片上，头一行是"美国哲学博士"，第二行必须是中央什么馆或什么局的主任才能镇得住；至少也得是某某大学——顶好是国立的——教授；只是"教员"，绝对拿不出手去。

他硬拒绝了朋友们，决不去教几个钟点。饿死，是社会杀了他；饿不死，他自有方法打进一个门路去，非常的坚决。就凭一位博士，大概一时半会儿也不会饿死吧，虽然社会是这么瞎眼，他心里这样说。

对在美国认识的那些人，他根本不想再拉拢了。不行，这群留学生没本事，没有团结力，甚至于没有义气，他不再指望着他们。他看出来，留学生是学问有余，而办事的能力不足；所以好的呢作个研究员或教授，不好的还赶不上国内大学毕业生的地位。学问是条死路，钻进去便出不来，对谁也没有多大好处。留学生既是多数钻死牛犄角，难怪他们不能打倒老的势力，取而代之。他自己要想有发展的话，得舍弃这群书呆子，而打进老势力圈去；打进去，再徐图抽梁换柱，自己独树一帜。哪怕先去做私人的秘书，或教个家馆呢，只要人头儿是那么回事，他必有不鸣则已，一鸣惊人的那一天。既不能马上出人头地，那么去养精蓄锐先韬晦两年，也是办法；至少比教几个钟点，去赶上堂铃强。

拿定了这个主意，他投奔了焦委员去。焦委员的名片上没有印着什么官衔，因为专是委员一项已经够印满两面的，很难匀出地方把一切职衔全印进去，所以根本不印，既省事，又大气。由他这一堆委员，就可以知道他的势力之大与方面之多了。这在文博士看起来，是个理想的人物。拿着介绍信，文博士去了三趟，才见着焦委员。

焦委员没看那封介绍信，只懒洋洋的打量了文博士一番，而后看明白名片上印得是"美国哲学博士"；这就够了。他简截的把文博士放在"新留学生"的类下。焦委员的心中有许多小格，每一小格收藏着一些卡片成为一类：旧官僚，新官僚，旧军阀，新军阀，西医，中医，旧留学生，新留学生……农学工商，三教九流，都各据一格。三眼两眼，把人的"类"认清，他闭上眼，把心中的小格拉开几个，像电池上接线似的彼此碰一碰，碰合了适，他便有了主意。对"新留学生"，他现在有很好的办法。这就是说，在政府里，党部里，慈善团体里，学术机关里，他已都有了相当的布置。现在，他想吸收农商。他比谁都更清楚：钱在哪儿，势力也在哪儿。国内最有钱的人，自然不是做官的，就是军阀；对这两类人，他已有了很深的关系，即使不能全听他指挥，可是总不会和他冲突，或妨碍他的事业。其次有钱的是商人，商人有许多地方不如做官的与军阀可靠，但是钱会说话，商人近来也懂得张张嘴，这是值得注意的。商人的钱忽聚忽散，远不如文武大官的势力那么持久稳固，可是每逢大商人一倒，必有些人发财：公司的老板塌台的时候，就是管事人阔起来的时候，这非常的准确。他得分派些人去给大商人做顾问，做经理，好等着机会把钱换了手。再说，商与官本来相通，历来富商都想给子孙在宦途上预备个前程，至少也愿把姑娘们嫁给官宦之家，或读书的人，以便给家庭一些气派与声势。至于那些老派的商人，财力虽不大，可是较比新兴的商人可靠：他们历代相传的做一种生意，如药材，茶叶，粮米等行，字号老，手法稳，有的二三百年，一脉相传，没有突然的猛进，也没有忽然失败到底的危险。这样的商家，在社会上早已打进绅士的阶级，即使财力欠着雄厚，可是字号声望摆在那里，像商会的会长，各种会议中的商界代表，总是落在他们身上。他们家的子孙能受高等教育，他们家的女子也嫁给有些身份的人。他们不但是个势力，而且是个很持久的势力。在公众事业上，他们的姓名几乎老与官宦军阀名流齐列。焦委员想供给一些青年，备他们的选择，好把他自己的势力与他们的联成一气。

富农，在国内本就不多，现在就更少了。一县中，就是在最富庶的省分里，要想找到一两家衬几十万的就很难了，农已不是发财之道。那在全省里数得着的几家，有的能够上百万之富，虽然还不能和官宦与军阀们相抗，可是已经算麟角凤毛了。不过，就是这等人家，也不是专靠着种地发的财；有的是早年流落在初开辟的都市，像上海与青岛等处，几块钱买到的地皮，慢慢变得值了几千几万，他们便成了财主。有的是用地产作基础，而在都市里另想了发财的方法，所以农村虽然破产，他们还能保持住相当的财富。这些，在名义上还是乡间的富豪，事实上已经住在——至少是家族的一部分——都市里，渐渐变成遥领佃租的地主。"拿"这些人，根本无须到乡间去，而只须在都市抓住他们；即使这些人在都市的事业有了动摇，他们在乡间的房子地亩还不会连根儿烂；所以，在都市里抓住他们，就可以把血脉通到乡间去，慢慢也扎住了根，这是种摘瓜而仍留着秧儿的办法，即使没有多大好处，至少在初秋还能收一拨儿小瓜，腌腌吃也是好的。

　　焦委员的办法便是打发新留学生们深入这些商家与农家去。拜盟兄弟，认干儿子，据他看，都有些落伍了，知识阶级的人们不好意思再玩这一套。而且从实质上说呢，这些远不如联姻的可靠。只有给他们一位快婿，才能拿稳了他们的金钱与势力。从新留学生这一方面看起呢，既是新回来的，当然对做事没有多少经验，不能把重大的责任付托给他们。况且政治上的势力又是那么四分五裂，各据一方，找个地位好不容易。至于学问，留学生中不是没有好手，可是中庸的人才总居多数；而且呢，真正的好手，学术机关自会抢先的收罗了去，也未必到焦宅门口来；来求他的，反之，未必是好手。那么，这些无经验，难于安置，又没多大学问的新博士与硕士们，顶好是当新姑爷。他们至少是年轻，会穿洋服，有个学位；别的不容易，当女婿总够格儿了。自然有的人连这点事儿也办不了，焦委员只好放弃了他们，他没那个精神，也没那个工夫，一天到晚用手领着他们。这一半是为焦委员造势力，一半也是为他们自己找出路，况且实际上他们的便宜大，因为无论怎样他们先得个有钱的太太，焦委员总不会享到这个福，他既是六十开外的人了。

　　这个办法，在焦委员口中叫作"另辟途径"。被派去联络富商的名为"振兴实业"，联络都市里的富农的是"到民间去"。他派文博士到济南去，那里的振兴实业与到民间去的工作都需要人。他给了文博士一张名单，并没有介绍信，意思是这些人都晓得焦委员，只须提他一声就行了。其余的事，也并没有清楚的指示与说明，只告诉文博士到济南可以住在齐鲁文化学会。焦委员很懒得说话，这点交派仿佛不是说出来的，而是用较强的呼气徐徐吐给文博士的。他的安恬冷静的神气可是教文博士理会到：他的话都有分量，可靠，带出来"照办呢，自有好处；不愿意呢，拉倒，我还有许多人可以差派！"文博士也看出来，他不必再请示什么，顶好是依着焦委员所指出的路子去做；怎么做，全凭自己的本事与机警；焦委员是提拔人才，不是在这儿训练护士，非事事都嘱咐好了不可。这点了解，使他更加钦佩这个老人，他觉得这个老人才真是明白中国的社会情形，真知道怎样把人才安置在适当的地方；他自己是个生手，所以派他去开辟，去创造，这不仅是爱护后起的人才，而且是敬重人才，使人有自由运动用才力的机会与胆量。最可佩服的还是焦委员那点关于联姻的暗示，正与自己在美国时所宣传的相合：当代的状元理应受富人们的供养与信托。他的圆眼发了光，心中这么想：先来个带着十万的夫人，岂不一切都有了基础？满打自己真是块废物——怎能呢——大概也不必很为生计发愁了。把这些日子的牢骚一齐扫光，他上了济南。

齐鲁文化学会很不容易找，可是到底被他找到了，在大明湖岸上一个小巷里。找到了，他的牢骚登时回来一半。一个小门，影壁上挤着一排宽窄长短不同，颜色不同，字体不同的木牌：劳工代笔处，明湖西洋绘画研究社，知音国剧社，齐鲁文化学会……他进去在院中绕了一圈，没人招呼他一声。一共有十来间屋子，包着一个小院，屋子都很破，院子里很潮很脏，除了墙角儿长着一棵红鸡冠花，别无任何鲜明的色彩。又绕了一圈，他找到了"学会"，是在一进门的三间南房。一个单间作为传达室，两间打通的是会所；都有木牌，可是白粉写的字早已被雨水冲去多一半了。他敲了敲传达室的门，里面先打了声哈欠，而后很低很硬的问："干啥？"文博士不由得挂了气："出来！"

屋里的人又打了个哈欠，一种深长忧愁的哈欠。很慢的，门开了，一个瘦长的大汉，敞着怀，低着头，走出来。出了门，一抬头，一个瘦长的脸，微张着点嘴，向文博士不住的眨巴眼。

"会里有人没有？"

"嗯？"大个子似乎没听懂。

文博士虽然是四川人，可是很自傲自己的官话讲得漂亮；一个北方人要是听不懂他的话，他以为是故意的羞辱他。他重了一句："会里有人没有？"

"俺说不上！"大个子仿佛还是没听懂而假充懂了的样子，语音里也带出不愿意再伺候的意思。

"你是干吗的？"

"俺也知不道！"

"这不是齐鲁文化学会，焦委员——"

"啊，焦老爷？"大个子忽然似乎全明白了。急忙进去，找着会所的钥匙，去开门；嘴里露出很长的牙，笑着，念道着"焦老爷"，顺手把纽扣扣上。

屋里顺墙放着一份铺板；中间放着一张方桌，桌上铺着块白布，花纹是茶碗印儿和墨点子；上面摆着一个五寸见方的铜墨盒,一个铜笔架,四个茶碗,一把小罐子似的白瓷茶壶。桌旁有两把椅子。铺板的对面有个小书架,放着些信封信纸,印色盒,与一落儿黄旧的报纸。东西只有这些,可是潮气十分充足。大个子进去就把茶壶提了起来:"倒壶水喝,焦老爷?"

"我不是焦委员,我是焦委员派了来的!"文博士堵着鼻子说。

"喂,那咱就说不上了!"大个子把茶壶又放下了,很失望来的不是焦老爷。

文博士看出来,这个大汉除了焦老爷,是一概不晓得。他得另想方法,至少得找到个懂点事儿的:"除去你,还有别人没有?"他一字一字的说,怕是大汉又听不懂。"俺自己呀,还吃不饱;鱼子他妈在乡下哪!粮贵,不敢都上来!"大个子的话来得方便一些了,而且带着一些感情在里边。

"我问你,'会'里还有别人没有?"文博士的鼻子上见了点汗。

"那,说不上呢!"

"你是干吗的,到底?"

"俺?"大个子想了会儿:"不能说!"

文博士也想了会儿,掏出块钱来:"拿去。告诉你,焦委员派我来的,我就住在这儿,都属我管,明白?"

大个子嘻嘻了几声,把钱拿起去,说了实话:会里的事归一个姓唐的管；唐老爷名叫什么？知不道。原先的当差的姓崔，崔三，是大个子的乡亲。崔三每月拿八块钱工钱。前四个月吧，崔三又在别处找到了事，教大个子来顶替着，他们是乡亲呀。大个子每月到唐老爷那里去领八块钱工钱，两块钱杂费，一共十块。崔三要五块，大个子拿四块，还有一块为点灯买水什么的用。崔三说，五块并不能都落在他手里，因为到三节总得给唐老爷送点像样的礼物去，好堵住他的嘴。崔三嘱咐过大个子，这些事就是别教焦老爷知道了。"俺姓楚哇，四块钱，还得给家捎点去，够吃的！"大个子结束了他的报告，叹了口气。别的事，他都不知道；唐老爷也许知道？说不上。

# 第三章

"倒壶水喝？"老楚没的可说了，又想起这句唯一的客气话。看文博士没言语，他提起大磁壶走出去。

文博士坐在桌旁，对着那个大而无当的铜墨盒发愣。一股悲酸从心中走到眼上，但是不好意思落泪。猛然立起来，把门窗全打开，他吐了口气。看看自己，看看屋中，再看看院里，他低声的冷笑起来。顺着壁纸上一块墨痕，他想起海中的一个小荒岛，没有树木，没有鸟兽，只是那么一堆顽石孤立在大海中。他自己现在便是个荒岛。四五个月前从美国开船，自己是何等的心胸与希望，现在……学位，学问，青年，志愿，哼，原来这个社会就这样冷酷，正像那无情的海洋，终究是把那小岛打没了痕迹！

但是，怨恨有什么用呢！他拍了拍胸口，干！既然抓住了焦委员，就要做下去，焉知这不是焦委员故意试探他呢？伟人是由奋斗中熬出来的！一个博士本来应当享现成的荣华富贵，可是谁教自己这个博士是来到这么个社会中呢，鲜花插在粪堆上；好吧，干干看吧，尽人事听天命，没有道理可讲，没有！

掏出袖珍日记来，用钢笔开了几项，一、电焦委员；二、访唐先生；三、筹款。写完了，他啼笑皆非的点了点头。是的，焦委员派上这儿来，咱就来了；不但来了，还给他个电报："托庇安抵济，寓文化学会，工作情形，随时奉闻，文志强叩。"漂亮！

访唐先生这项，大概不会有什么用，不过，碰碰看，多少也许探听出点消息来，至少唐先生对济南的情形一定熟悉。不希望在这项中找到什么，不过是一种带手的事，得点什么有用的知识更好，白跑一趟也算不了什么；虽然博士而可以白跑腿是件说不通的事，又有什么法儿呢，在这个社会里！

第三项最难堪。手里没有多少钱了。打电向家里要，即使不算丢人，可是缓不济急。自己的工作是顶着焦委员的名去和阔人们交往，大概不能坐人力车去吧？总得租部汽车；济南的汽车当然没有上海那么方便公道。即使汽车没有必要，请客总是免不掉的。要专是吃顿饭还好办，既是富豪们，说不定还要闹酒，叫条子，这可就没有限制了！低级，瞎闹，这些事；可是社会是这样的社会，谁能去单人匹马的改造呢？先不问这合理不合理吧，既来之则安之，干什么说什么。钱在哪儿呢？去借，没有地方；即使打听到此地有熟人，也不能一见面就开口借钱，不能；被人家传说出去，文博士到处求爷爷告奶奶，那才好听！

想到这里，他真要转回北平或上海去，教几点钟书，做个洋行的办事员，都好吧，总比这个罪好受！这完全是扎空枪，扎不着什么，大概连枪也得丢了！可是，不入虎穴，焉得虎子；置之死地而后生才是英雄啊！

没法子决定,他很想去占一课,或相相面,自己没法打主意了。可笑,一个美国博士去算卦相面;可是似乎只有这样才能决定一切。生命既不按着正轨走,有博士学位的并不能一帆风顺的有合适的工作与报酬,那么用占课相面来决定去取,也就无所不可了;盲目的社会才有迷信的博士,哼!

老楚打来一壶开水,并没擦擦或涮涮碗,给文博文满满的倒了一杯,两个极黑的手指捏着杯沿,放在博士的面前,水上浮着个很古老的茶叶棍儿。

"老楚,"文博士不敢再看那杯开水,从袋中掏出张行李票来:"上车站取行李,会不会?"

"说不上喤!"

"好!"文博士猛的立起来。"打扫打扫这两间屋子会不会?说得上说不上?"

"没笤帚簸箕耶!"

"嘿!"文博士像忽然被什么毒虫叮了一口似的,蹿了出去。跑到门口,他又猛的一收步,像在体育馆里打篮球那种收步的样式:"老楚!老楚!唐先生在哪儿住?"老楚一点也没着急,无精打采的走出来:"啥?啊,唐老爷,俺领你去。俺认识那个地方;地名,说不上!不是给钱的那个唐老爷?是呀,地名说不上呢!"

文博士一声没再出,一边走一边心中转着这句话:这就是你们中国人!这就是你们中国人!好像是初学戏的小孩那样翻来覆去的念道一句戏词。出门不远,看见了些水,他不知道那是大明湖；水挡住去路，他就向南走去；好歹的撞吧，不愿和中国人们打听地方，中国人！再说，在美国纽约、芝加哥那么大的地方，都没走迷了过，何况这小小的济南，不打听。果然，不大会儿，被他找到了院西大街。街上没有高楼，没有先施公司那样的大铺户，没有鲜明惹人注意的广告牌与货物，没有秩序。车挤着车，人挤着人，只见各种的车轮，各种的鞋，在那窄小的街上乱动乱挤，像些不规则的军队拔营似的，连声响都没有一定的律动。那些老式的铺户，在大路两旁呆呆的立着，好似专为接受街上的灰尘，别无作用。这种杂乱而又呆死的气像，使人烦躁，失望，迷乱，文博士没心去看什么，只像逃难似的在车马行人的间隙里挤，小车子木轮"吱吱"的响声，教他头疼。只看了西门一眼，他觉得恶心。

来到西门大街的桥上，看着那道清浅急流的河，他心中稍微安静了一些。河不算窄，清凉的水活泼泼的往北流，把那些极厚极绿的水藻冲得像一束束的绿带，油汪汪的，尖端随着水流翻上翻下，有时激起些小的白水花。四面八方全是那么拥挤污浊，中间流着这道清水，桥上的空气使人忽然觉得凉了许多，心中忽然镇静一下，像嘈杂胡乱的梦中，忽然看见一道光亮，文博士舍不得再走了。在桥边立了会儿，他感到一种渺茫的悲哀，一种冷静的不平。他以为这条水似乎不应在这个环境中流荡，正如同自己不应当在这个破桥上立着。立了一会儿，因为猜想河水的来源，他想起趵突泉来。是的，这或者就是由趵突泉流出来的；也想起，刚才由会里出来的时候所看见的那片水或者就是大明湖。这两个名胜,他都听人提到过。刚才没顾得看湖,现在先看看这个名泉吧。

三绕两绕,他绕到了趵突泉,中国称得起地大物博,泉水太好了!他立在泉池上这样赞美。三个大泉,有海碗那么粗细,一停也不停的向上翻冒,激动得半池的清水都荡漾波动,水藻随着上下起伏,散碎的荡成一池绿影。池边还有多少多少小泉,静静的喷吐一串串的小珠,雪白,直挺,一直挺到水面;有的走到半路,倾斜下去,可也滚到水面,像斜放着一条水银柱;有的走到半路,徘徊了一下,等着旁边另一串较小的水珠,一同上来,一大一细,一先一后,都把水珠送至水面,散成无数小泡,寂寂的,委婉的,消散。耳听着大泉的喷吐震荡,目看着小泉的递送起灭,文博士暂时忘了一切,仿佛不知自己是在哪里了。忽然闻到一股大葱味,一回头,好几个乡下大汉立在他身后,张着嘴,也在这儿看泉水。文博士刚忘了一切,马上又想起天大的烦恼。中国人,都是你们中国人!中国够多么富,多么好;看这个泉,在美国也没有看见过;再看这些人,多么蠢,多么臭;中国都坏在中国人手里!他舍不得这片水,但是不能再与这群人立在一块儿看。他恨不能用根棍子把他们都打开,他可以自在的欣赏一会儿。

离开池畔,他简直不愿再看任何东西。那些贱劣的东洋玩具,磁器,布匹,围具;那些小脚,汗湿透了蓝布裙子的臭女人们,那些张着嘴放葱味的黄牙男子们,那些鸡鸡嘹嘹的左嗓子歌女们,那些红着脸乱喊的小贩们!他想一步迈出去,永远不再来,这不是名胜,这是丢人!

走过吕祖殿,大树下一个卦桌,坐着位很干净秀气的道士,道袍虽旧,青缎道冠可是很新,在树阴下还微微的发着点光。文博士并不想注意这个道士,可是在这些脏臭的人们中挤了这半天,忽然看见这么个干净的人,这么好看的一顶帽子,好像是个极新鲜,极难遇到的事,他不由得多看了道士一眼。道士微微的对他一笑。文博士想起来算卦。但是不好意思过去,准知道他要是一立在卦桌前,马上必定被那些大葱国民给围上。他又真想占一卦,这个道士可爱,迷信不迷信吧,大概占课有相当的灵验。他低下头,决定还是不迷信,打算从卦桌前没事似的走过去。看见卦桌上垂着的蓝布桌裙,他的心跳得快了一些,由迷信与不迷信的争战,转而感到这个臭社会不给人半点自由,想占一课——直当是闹着玩——也得被人们围得风雨不透。正这么想,他听到:"这位先生——"语声很清亮好听,可是他不敢抬头,这必是道士招呼他呢。"婚姻动,谋事有成。应验了请再来谈!"他听明白了这些,觉得有点对不起道士,可是脚底下加了速度。

走出趵突泉,他心中痛快了一些,几乎觉得中国人也并不完全讨厌,那个道士便很可爱。道士的话就更可爱。即使是江湖上的生意口吧,反正他既吃这一行,当然有些经验,总有几分可靠。中国的老事儿有许多是合乎科学原理的,不过是没有整本大套的以科学始,以科学终而已。再说呢,他所需要的也不过是这两句话——婚姻动,谋事有成——居然没花卦礼而白白的得到,行,这个道士!这两句话是种鼓励,刺激,即使不灵验也没大关系,文博士需要些鼓励;况且道士的话还有灵验的可能呢!

他发了两个电报:向焦委员报告,和向家里要钱。

到车站取了行李,拉回会所,差不多已是六点钟了。吃饭,又成问题。老楚不会做饭,他每天只在街上买点锅饼,大葱与咸菜,并不起灶。文博士把行李放在铺板上,没心程去打开,也打不起精神再出去吃饭,呆呆的坐在椅子上。"老爷,"老楚在门外叫,"买个洋灯吧?"

博士没回答。

# 第四章

  正是初秋的天气，济南特别的晴美，干爽；半天的晚霞，照红了千佛山。文博士在屋中生着闷气；一阵阵的微风将窗纸上的小孔当作了笛，院中还有些虫声，他不能再坐下去。出来，看着天上的晴霞，听着墙角的虫声，脸上觉到那微凉的晚风，心中舒服了一些；下午出去的时候，还觉得有点热；现在，洋服正合适。是的，中国都好，自己也没错儿，就是那群中国人没希望，老楚是他们的代表！这么好的天气，这么大的博士，就会凑在这个破院子里，有什么法子呢？再看屋里，没有洋式的玻璃窗，没有地板，没有电灯，没有钢丝的床，怎能度过一夜呢，还不用说要长久住在这里！

  想来想去，想不出办法，只好教老楚去买煤油灯，还得买点石灰面洒在墙根去了潮湿。自己呢，还是得出去吃饭，没有别的方法。嘱咐好了老楚，他又顺着下午所走的路去找饭馆。路上看见好几个饭馆，不是太大，便是太小；那些小的，根本不能进去，大的，可以进去，可是钱又不允许。最后，他找到一家小番菜馆，门口竖着个木牌，晚餐才八角大洋。他觉得这个还合适。馆子里一个饭客也没有，一个穿着灰白大衫的摆台的见他进来仿佛吓了一跳。桌上的台布与摆台人的衫子同色，铺中一股潮气，绝无人声。文博士的眉又拧在了一起，准知道要坏；在中国似乎应当根本不必希望什么。没看菜单，他只说了声：一份八角的。

刀叉等摆上来：盘子毛边，刀子没刃，叉子拧股着。面包的片儿不小，可是颜色发灰，像刚要冻上的豆腐；一摊儿极小的黄油，要化又不好意思化，在碟心上爬着。文博士的心揪成个小疙疸。等了半天，牛尾汤上来了。真有牛尾，不过有点像风干过的，焦边，锈里儿，汤上起着一层白沫。文博士尝了一口，咸得杀口，没有别的好处。勉强又呷了一口，他等着下面的菜。猪排是头一个菜，文博士用刀切了半天，他越上劲，猪排也越抵抗，刀子是决不卖力气。切巴了一阵，文博士承认了失败，只捡起两个小干核桃似的地蛋吃了。

下面的菜都和猪排一样的富有抵抗力，文博士的悲观是由肚子起一直达到心中；这就是中国人做的西餐！末了，上来一杯咖啡，颜色颇够得上红茶，味道可还赶不上白开水。文博士一言没发，付了钱，走出去。街上的灯光不少，风更凉了一些，车马行人还和白天一样的乱挤。他肚中寡寡劳劳，在灯光下，晚风中，几乎忘了自己是谁，只觉得生命是一团委屈与冤枉。走回大明湖去，他在湖边上立了一会儿。秋星很明，湖上可很黑，游艇静静的挤在一处，蒲苇与残荷随风放出些清香。他深深的吸了口气，扶着棵老柳往远处看，看不见什么，只有树影星光含着一片悲意。

回到学会，他几乎以为是走错了地方：各屋中，连院中，都是人。锣鼓响着,剧社正在排演;说笑争吵,画社正在研究讨论;还有许多人,不知是干什么的,可是都有说有笑;满院是人声,到处是烟气;屋子都开着门窗,灯光射到院里,天上很黑,仿佛是夜间海上一个破旧而很亮的船,船上载着些醉鬼。只有文博士的屋里没有灯光,好像要藏躲开似的。他叫老楚开门,老楚不知哪儿去了。等了半天,老楚由外面走进来,右手提着两把水壶,左手提着大小五六个报纸包儿。把水壶与纸包分送到各屋里去,他很抱歉似的忙着来开门。老楚先进去把灯点上,文博士极不愿进去,而不得不进去。屋里新撒上的石灰面和潮气裹在一处,闻着很像清洁运动期间内的公众厕所。

"倒壶水喝?"老楚格外的和气,长瘦脸上还挂了些笑容。见文博士没理他,他搭讪着说:"见了唐老爷,别说呀!俺给这行子人买东西,"他指了指院中,"他们说,到节下赏赏,上回五月节,他们都忘记了咱,俺也没说什么。去买东西,俺挡不住赚一个半个的;不够吃的!给老爷买东西,赚一个板就是屎?他们,"他又指了指外边,"都是有钱的,那唱唱儿的,那画画儿的,五毛一筒的烟,一晚上就是四五筒!俺赚他们一个半个的,不多,一个半个的;鱼子他妈还捎信来要棉裤呢!"

文博士没工夫听老楚的话,更没心同情他。指了指行李,他叫老楚帮助打开。只有一条褥,一床毛毯,他摸了摸,隔着褥子还感觉到铺板的硬棒。衣箱暂放在桌子上,把书架清楚了一下，预备放洋服裤子，和刮脸的刀与刷子什么的。屋中的味道，院中的吵闹，铺板的硬棒，心中的委屈，都凑在一处，产生了失眠。他奔跑了半日，已觉得很累，可是只一劲的打哈欠，眼睛闭不牢。他不愿再想什么，只求硬挺一夜，明天或者便有较好的办法与希望，可是他睡不着。一直到十二点钟，院中的人才慢慢散去，耳边清静了一些，床板的硬棒便更显明，他觉得像一条被弃的尸首，还有口气儿，可是一点能力没有，只能对着黑暗自怜自叹。邻院的钟敲了两点，他还清清楚楚的听到，沉重，缓慢，很严重的一下两下杀死一段时间，引起多少烦恼！他把毯子蒙严了头，没有听到打三点。

第二天一清早，街上卖馓子麻花的把他喊醒。猛一睁眼，屋中的破烂不堪好像一闪似的都挤入他的眼中，紧跟着他觉到脊背与脖子已联成一气，像块从来不会屈转活动的木板，他又忍了半天，不能再睡，街上不知道为什么这么多卖馓子麻花的，也不知道为什么都一个腔调急里蹦跳的喊，这群中国人！没法子，他只好起来吧。起来又怎样呢？这一天，似乎比昨天还坏，还渺茫，没有一件事是确定的，有希望的。往最小的事上说，他没法得到一杯热的咖啡或红茶，一两片焦黄的吐司。他硬把自己曳了起来，仿佛曳起一大块没什么用的木头。

找出由美国带回来的皮拖鞋与红地黑花的浴衫，他到院中活动活动，满院的梨核苹果皮，已招来不少勤苦的蚂蚁，他找了块较比干净的地方，行了几下深呼吸，脖子渐渐地活软过来。他很想洗个热澡。还记得昨天路过一个澡堂。不想去，洗不惯公众浴池。再一想呢，大概还是非去不可，这个地方决不会忽然有了沐浴的设备。他又冷笑开了，看吧，自己总会不久就得变成个纯粹中国人，不然便没法儿活下去。适应环境，博士得变成老楚，才有办法，哈哈！他笑出了声，很响，几乎使自己有点害了怕。

老楚不知为什么忽然能这样惊醒，居然听见了这个笑声，一翻身爬起来，登上衣裤，走出来，预备好操作一切："倒壶水喝？"

文博士笑得更加了劲。他觉得老楚很像个鸡，或狗，一爬起来便能做事，用不着梳洗沐浴，也根本没一点迟累；是的，打算在中国活着得不要一点文化，完全反归自然。老楚跟野人差不多！他得跟老楚学，什么学位，卫生，一切不相干，这是中国，这么一想，他由轻视中国转而觉得自己太好挑剔了，太文明了，中国用不着他这么文明的人："好吧，老楚，打两壶水去，两壶！"

不洗澡了，权且用两壶水对付着擦擦身上，刮刮脸。脸还是要刮的，到野蛮之路也得慢慢地走呀，哈哈！

耗到九点多钟，文博士想教老楚领路，去访唐先生。刚要喊老楚，老楚进来了，举着张名片："唐老爷！"他的脸上白了一些："别向他讲呀，俺给他们买东西！"文博士看了看那张名片，除了唐孝诚三个较大的字外，还有许许多多小字，一时几乎不能看清。他正了正领带，迎出来。唐先生似乎早已拱好了手等着呢，一见文博士出来便连连上下左右摆动，显出十二分虚假而亲热。他有五十多岁,矮矮的身量,长长的脸,眉眼似乎永远包陷在笑纹之中;光嘴巴,露着很长的门牙,也在发笑。虽是初秋,他的身上可已经很圆满,夹袍马褂成套,下面穿着很肥阔的夹套裤,裤脚系着很宽的绸带。衣服都是很好的丝织品,可是花样很老,裁法很旧,全像是为从箱中拿出来晒一晒,而暂时以唐先生做衣裳架子。

唐先生一定不肯先进屋门,再三再四的伸手,拱手,弯腰,点头,而且声明他是地主,文博士是客。他已经觉得十分对不起,没能早些过来请安,仿佛文博士的行动他都知道似的。让了半天。唐先生得到胜利,斜着身随文博士进来。刚到桌旁,唐先生从桌上拿起自己的名片,从新双手递过去。文博士连忙把自己的名片找出来,递过去。唐先生接过去,举到鼻子附近,预备看官衔的小字;一目了然,只有美国哲学博士一项,他的脸马上把笑纹都收回去,随便的把它放在桌上。文博士看了出来这个变化:"唐先生,请坐!""不客气吧,""吧"字显着多余而不好听。

文博士的心里并没把唐先生放得很高,他看唐先生也不过是比老楚多着一套不合样的衣裳与不必需的礼貌而已。讲到对付上,或者唐先生还是容易拿住的那一个,因为唐先生到底有一套玩意儿,老楚根本是个光眼子,像刚出水的鱼,什么也没有,只是光出溜的一条。他决定把唐先生拿下马来。唐先生有一套落伍的衣裳礼貌与思想,文博士有一套新从美国运回的衣裳礼貌与思想,这是个战争,看谁能战胜。文博士决不退让。

他要出奇制胜，用西洋人的直率勇敢袭击唐先生的礼多人不怪。他猛然的把自己的名片抓起来，随着一声不很好听的笑："我全凭着这个博士！美国总统的荣誉还赶不上个博士。博士就是状元，我想你应当知道这个。有博士在我的片子上，我就有了一切的资格，唐先生！"

唐先生脸上的笑纹又都回来了，他觉得自己的确有点太猛撞；他决不佩服西洋博士的学问，可是他深知颜惠庆总长与顾维钧公使就都是博士，这点不假。凭自己的老练与圆滑，今天会闹个没脸，他心中有点难过；可是他并不慌乱，知道自己一定会把僵局打开，特别是吃了"博士"的钉子，转过弯来决不算丢人。他又拱了拱手："文博士，你不能住在这里，这要教焦委员知道了，我吃不住。舍下还相当的宽绰，那个，那个，老楚！"意思是命令他马上搬走文博士的东西。

文博士的脸上照旧很严重，可是心里乐了一下。看，这家伙的弯子转得多么快，多么利落；这样的中国人虽然没有任何价值，可还倒有趣好玩。

"不，我这里很好，"文博士拦住了唐先生，"刚由美国回来，我愿意多吸收一些中国社会情形，多接近民间；也可以说关心民瘼吧！"

"那么，请签个字，回来兄弟派人送点——"唐先生想供给状元是上算的事，况且钱又不是他的。

"不，我已经打电到家中要一点——舍下也还倒过得去！"文博士一点也不示弱。

"赏个面子，文博士！暂收二百吧！"唐先生紧紧的拱手："学会里每月有各处的补助，凑在一处也有三百来的块。月间，由兄弟凑齐汇交焦委员，焦委员可是吩咐过，由他那儿来的先生们可以支用。我这回不等请示，硬做了主意，老兄，博士赏脸。我们都是前缘，博士千山万水的回来，会在济南遇到一处，前缘！"

"那么，我就——"文博士掏出名片，写上暂借二百元。

## 第五章

拿到二百块钱，文博士痛快了些。回国来几个月了，这是第一次胜利。他一点也不感谢唐先生，唐先生不过是他手下的败将；说不定再玩一两个小手段，也许就把焦委员所托给唐先生的事全都拿过来：新状元总得战败老秀才，不管唐先生中过秀才没有。

心中痛快了一些，事事就都有了办法——英雄的所以能从容不迫，都因为处处顺心。文博士到上海银行开了户活账，先存入一百五，要了本英文的支票，取钱凭签字——在印鉴簿子上签了个很美而花哨的字，看起来颇像个洋人的名字。

把支票本放在袋中，身上忽然觉得轻松了些，脚步自然地往高了抬。在街上转了会儿，他觉得不能再回文化学会去，永远不能再回去，那不是人住的地方。

他找到了青年会。好吧，就是青年会吧。宿舍里的一间屋子每月才二十多块钱，连住带吃都有了。再说，还能洗澡，理发，有报纸看，虽然寒伧一点，到底比学会里强过许多倍了。他不喜欢宗教，可是青年会宿舍是个买卖，管它什么宗教不宗教呢！

交了一月的租金与饭费，马上把行李搬了来，连正眼看老楚一眼也没顾得；希望永远不再和老楚见面，就是他将来能把唐先生的事都接过来的话，头一件事是把老楚开了刀，对那样的中国人用不着什么客气。不要说国内现在只有这么几位博士，就是有朝一日，四万万人里有两万万位博士，而那两万万都是老楚，也是照样的没办法！老楚这样的人会把博士都活活的气死！

　　文博士把屋中安置好，由箱底上把由美国带回来的紫地白字的"级旗"找出来，钉在墙上；旗子斜钉着，下面又配上两张在美国照的相片端详了一番，心中觉得稍微宽舒了点。吃了顿西餐，洗了洗澡，睡了个大觉，睡得很舒服，连个梦都没做。

　　睡醒了，穿好了洋服，心中有点怪不得劲。袋中有几十块钱，仿佛不开销一点就对不起谁似的。想了想，他应当回拜唐先生去。由这件事往开销点钱上想，想到至少得去买条新领带；做衣裳还得暂缓一缓。很快活的立起来；把该洗的汗衫交给仆人；脚上拿着劲，浑厚稳重的下了楼。一出门，洋车夫们捏喇叭的捏喇叭，按铃的按铃，都喊着"拉去罢！"说得轻佻下贱。有的把车拉过来，拦住他；有的上来揪了他一把，黑泥条似的手抓在洋服上。这群中国人！文博士用他骨骼大且硬的手，冷不防的推了一把，几乎把那个车夫推了个趔趄。车夫哽了一声。其余的都笑起来，一种蠢陋愚顽的笑。笑完了，几乎大家是一齐的说："拉去罢！"这是故意的嘲弄。博士瞪了他们一眼，大家回到原处，零落不齐的叫："两毛钱罢！看着办罢!……"他的脑中忽然像空了一小块,什么也想不出,只干辣辣的想去抓过几个来,杀了!太讨厌了!正在这个当儿,门内又出来两位,打扮得很平常,嘴里都叼着根牙签,刚在食堂用过饭。有一两个车夫要往前去迎,别的车夫拦住了他们:"有汽车!有汽车!"果然,外边汽车响了喇叭。文博士几乎是和他俩并着肩儿出来的,人家慢条斯理的上了汽车,往车背上一斜,嘴中还叼着牙签。文博士在汽车卷起来的土中点了点头;大丈夫应当坐汽车;在中国而不坐汽车,连拉车的都会欺侮人!中国人地道的欺软怕硬,拿汽车愣轧他们,没错!博士的手不由得动了一动,似乎是扭转机轮,向前硬轧的表示。

算了吧,不去买领带了。终日在地上走着,没有汽车,带上条新领带又算哪一出呢?刚才那俩坐汽车的并不怎么打扮,到底……领带……哼!

唐先生住在南关的一个小巷里。胡同很小,可是很复杂。大门也有,小门也有;有卖水的小棚,有卖杂货的小铺;具体而微的一条小街,带出济南小巷的特色。唐宅的门很大,可是不威武,因为济南没有北平住宅那样的体面的门楼。文博士叫了半天,门内出来位青年人,个子很大,浑身很懈松;脸上有肉,也不瓷实;戴着眼镜,皱着眉;神气像是对某件事很严重的思索着,而对其他的一切都很马虎。接过文博士的名片,看了看:"啊,啊。"啊完了,抬头看着天,似乎又想起那某件事,而把眼前的客人忘记了。听到文博士问:"唐先生在家?"他忽然笑了,笑得很亲热:"在家。"说完,又没有了动作。仿佛是初入秋的天,他脸上的阴晴不定,一会儿一变。

文博士正在想不出办法,唐先生由影壁后转过来,一露面就拱起手来:"不敢当,不敢当!请!请!这是,"他指着那个青年,"二小儿建华。"建华眼看着天,点了点头。

院里的房子都很高大,可是不起眼。门窗都是一鼻两眼式的,屋中的光线也不充足。客厅里的陈设很复杂,各式的桌椅,各式的摆设,混杂在一处,硬青硬红的不调和。由这些东西可以看出唐府三四辈的变迁:那油红油红的一两件竹器代表着南方的文化,那些新旧的木器表示着北方的精神;唐府本是由南边迁来的,到现在已有六七十年了。由这点东西还可以看出唐宅人们的文化程度,新旧的东西都混合在一处,老的不肯丢掉,新的也渐次被容纳。这点调和的精神仿佛显出一点民族的弱点:既不能顽强的自尊,抓住一些老的东西不放手,又不肯彻底的取纳新的,把老旧的玩意儿一扫光除尽。

墙上的字画与书架上的图书也有个特点:都不是名人的杰作,可也不是顶拙劣的作品。那些作画写字的人都是些小小的名家,宦级在知府知县那溜儿,经唐家的人一给说明便也颇有些名声事业,但都不见经传。对联与中堂等项之中,夹杂着一两张相片,还有一小张油画;相照得不佳,画也不见强,表示出应有尽有的苦心,而顺手儿带出一点浮浅的好讲究。

扫了一眼屋中的东西,文博士觉得呼吸有点不灵利,像海边上似的,空气特别的沉重。新的旧的摆设,桌椅,艺术作品,对他都没有任何作用,他完全不懂。他只在美国学来一个评判方法：适用的便好。他的理想客厅是明亮简单，坐的是宽大柔软的沙发，踩的是华丽厚实的地毯，响的是留声机，看的是电影明星照片。他不认识唐家的这些东西，也不想去批评，只觉得出不来气。椅子是非常的硬棒，也许是很好的木料，但是肯定的不舒服。倒上茶来，闻着很香，但是绝没有牛奶红茶那样的浓厚沉重。文博士知道自己在这里决不会讨好，因为一切都和美国的标准正相反：他要是顺着唐家人的口气往下说，一定说不过他们；他要是以美国标准为根据，就得开罪于他们。直着腿坐了会儿，他想好了，与其顺着他们说，不如逆水行舟；这样至少能显出自己心中不空，使他们闻所未闻。

唐先生只闲谈天气与济南，不肯往深里说任何事情；新事旧事他都知道不少，但是他不肯发表意见，怕是得罪了人。建华刚在大学毕业，还没找到事做，可是觉得自己很了不得。他的学识和墙上那些图画一样，虽然不高明，可是愿意悬挂出来。听着父亲与文博士谈了几句，他想起个问题："先生看张墨林怎样？"他脸上非常的严重，以为张墨林的问题必是人人关心的问题，因为他自己正在研究他。

文博士的眉皱上，也非常的严重，根本不知道张墨林是个诗人，画家，还是银行经理。他决定不肯被人问倒，而反攻了一句："哪个张墨林？"

唐先生赶紧接了过去："山东黄县的一位词家，学问倒还好，二小儿正在作他的年谱，将来还求指教。"

"那很好！"文博士表示出一定能指教唐建华。"他的著作很难找,有两三部我还没见过!"唐建华看着顶棚,心中似乎非常难过,因为这两三部书还没能找到。"先生看他的作品,专以词说,怎么样?"

"书是要慢慢找的!"文博士已被挤到墙角,而想闪过去。"当初我在美国想找一部历史,由芝加哥找到纽约,由纽约又找到华盛顿,才找到了半部,很难!"

"啊!"建华摘下眼镜,用手绢擦着,一点不肯注意文博士的话。就是博士再谈到张墨林,他也没心去听。对张墨林的研究,正如对别件事一样,他的热心原本是很小的一会儿;不过在这一小会儿里,他把这件事放在眉头上思索着。

唐先生怕文博士看出建华的不客气,赶紧问了几项美国的事。文博士有枝添叶的发挥了一阵,就是他所不晓得的事也说得源源本本,反正唐家的人没到过美国,他说什么是什么。

文博士说完一阵,刚想告辞,建华的弟弟树华下了学。他是在中学读书,个子不小,也戴着眼镜,长得跟他哥哥差不多,只是脸上的肉瓷实一些。他也很喜爱文学,可是接近新文学。经他父亲介绍过后,他坐下,两只大手在膝上来回的擦。擦着擦着,他想起来一件事:"先生看时铃儿怎样?"他习惯的把新文艺作家的名字末尾都加上个"儿",仿佛是非常亲密似的。

"哪个时铃儿?"文博士很想立起来就走,这样的发问简直没法子应付。

"小孩子爱读小说,"唐先生又来解围,"文博士出洋多年,哪能注意到这些后起的小文人们。"

"也别说，"文博士直着脖子说，"我对新文学也有相当的研究；不过，没有什么好的作品，没有！"

树华的手在膝上擦得更快了，脸上也有些发红；刚要开口反驳，被老先生瞪了一眼，不痛快的没说出来。

文博士觉得已经唬回两个去，到了该告辞的时候了，虽然有许多事还想问唐先生。正想往起立，又进来一位，唐先生赶紧给介绍："小女振华，文博士。"振华比建华小，比树华大，个子不像她兄弟那样高，可也戴着眼镜。相貌平常，态度很安详，一双脚非常的好看。

这样的增兵，文博士有点心慌，可是来者既是女子，他不能不客气一些。唐先生这回先给了女儿个暗示："文博士由美国回来，学问顶好。"

"老三不是想学英文吗？"她很严重的看看树华。

树华有志于文学，很想于课外多学些英文，以便翻译莎士比亚。但是，文博士的轻看新文学使他仿佛宁可牺牲了莎士比亚，也不便于和文博士讨教。

文博士一点也不想白教英文，不过既是一位女士的要求，按着美国的办法，是不能不告奋勇的："那很好！""要是文博士肯不弃，"唐先生看出点便宜来，他并不重视英文，不过有美国留学生肯白教他的子女，机会倒是不便错过，"你们三个都学学吧！那个，文博士，在这里便饭，改日再正式的拜老师！"

文博士觉得是掉在圈儿里。

## 第六章

　　唐家的饭很可吃，文博士的食量也颇惊人。唐家全家已经都变成北方人，所以菜饭做得很丰满实在；同时，为是不忘了故乡，有几样菜又保持着南边的风味。唐先生不大能吃酒，可是家中老存着一两坛好的"绍兴"。

　　菜既多而适口，文博士吃上了劲。心中有点感激唐先生，所以每逢唐先生让酒就不好意思不喝些，一来二去可就喝了不少。酒入了肚，他的博士劲儿渐次减少，慢慢儿地吐了些真话；他的脉算是都被唐先生诊了去。

　　唐先生摸清楚了博士的肚子只是食量大，而并没什么别的玩意儿，反倒更对他亲密了些。唐先生以为自己的一辈子是怀才不遇，所以每逢看到没有印着官衔的名片便不愿意接过来。可是及至他看明白了没有官衔的那个人，虽然还没弄到官职，但是有个好的资格，他便起了同情心，既都是怀才不遇，总当同病相怜。况且与这路资格好而时运不见佳的人交朋友，是件吃不了什么亏的事；只要朋友一旦转了运，唐先生多少也得有点好处。

　　唐先生自己没有什么资格，所以虽然手笔不错，办事也能干，可是始终没能跳腾起去。有才而无资格，在他看，就如同有翅膀而被捆绑着,空着急而飞不起来。他混了这么些年了,交往很广,应酬也周到,可是他到底不曾独当一面的做点大事。是的,他老没有闲着过,但是他只有事而无职。他的名片上的确印得满满的,连他自己可也晓得那些字凑到一块儿还没有一个科长或县知事沉重。他不能不印上那一些,不印上就更显着生命像张空白支票了。印上了,他又觉得难过。

所以他非常喜欢一张有官有职,实实在在的名片。

为补正这个缺陷,他对子女的教育都很注意。以他的财力说,他满可以送一个儿子到外国去读书。但是他不肯这样破釜沉舟的干。一来他不肯把教育儿女们的钱都花在一个人的身上,二来他怕本钱花得太大,而万一赚不回来呢。所以他教三个儿子都去入大学,次第的起来,资格既不很低,而又能相继的去挣钱,他觉得这个方法既公平又稳当。现在,他的大儿子已去做事,事体也还说得下去。二儿子也在大学毕了业,不久当然也能入俩钱。三儿子还在中学,将来也有入大学的希望。女儿呢,在师范毕业,现在做着小学教员。看着他的子女,他心中虽不十二分满意,可是觉得比上不足比下有余,总算说得过去,多少他们都能有个资格,将来的前程至少也得比他自己的强得多。他这辈子,他常常这么想,是专为别人来忙,空有聪明才干,而唱不了正工戏。这一半是牢骚,一半也是自慰,自己虽然没能一帆风顺的阔起来,到底儿子们都有学位,都能去正正经经的做点事,也总算不容易。

他与焦委员的关系,正如同他与别的要人的关系,只能帮忙，而上不了台。谁都晓得他是把手儿，谁有事都想交给他办，及至到了委派职务的时候，他老"算底"。谁要成立什么会，组织什么党，办什么选举，都是他筹备奔走一切。到办得有点眉目了，筹备主任或别项正式职员满落在别人身上。事还是他办，职位归别人。他的名片上总是筹备委员，或事务员；"主任""科长""课长"，甚至连"会计"都弄不到他手里，虽然他经手不少的钱财，他的最大的报酬，就是老不至于闲着，而且有时候也能多少的剩几个私钱而不至于出毛病。

当他一见文博士的面时候，"博士就是状元"这句话真打动了他的心。是的，假若他自己有个博士学位，哼，往小里说，司长，秘书长总可以早就当上了。就拿"文化学会"说吧，筹备，组织，借房子，都是他办的。等办成了，焦委员来了，整个的拿了过去，唐先生只落了个事务员。每月，他去到各处领补助费，领来之后留下五十元，而余的都汇交焦委员。创立这个学会的宗旨，本是在研究山东省的历史地理古物艺术，唐先生虽然没有多大的学问，对学问可是有相当的尊崇与热心。及至焦委员做了会长，一次会也没开过，会所也逐渐的被别人分占了去。唐先生说不出什么，他没法子去抗议。也好，他只在会里安了个仆人，照管着那几间破屋子，由每月的五十元开销里，他剩下四十块；焦委员也装作不知道。

像这样的事，他干过许许多多了。可也别说，就这么东剩五十，西剩六十，每月他也进个三百二百的。赶上动工程呢，他就多有些油水。家里的房子是自己的。过日子又仔细，再加上旧日有点底子，他的气派与讲究满够得上个中等的官僚。每逢去访现任的官儿，而发现了他们家中的寒伧或土气，他就得着点儿安慰——自己虽然官运不通，论讲究与派头可决不含糊！

焦委员确是嘱咐过他，有到"文化学会"来的，或是与焦委员有关系的要人由济南路过，他可以斟酌着招待或送礼。唐先生把这两项都办得很不错。他的耳朵极灵，永不落空；谁要到济南来，谁要从济南路过，他都打听得清清楚楚。那些由焦宅出来的，他知道的更快。他顶愿意替焦委员给过路的要人送礼，一来他可以见识见识大人物，二来在办礼物的时候也可以施展些自己的才能。送什么礼物全凭送给谁而决定，这需要揣摩与眼光。有一次他把一筐肥城桃送给一位焦委员的朋友，后来据焦委员的秘书说，那位要人亲笔写给焦委员一封信，完全是为谢谢那一筐子桃。这种漂亮的工作，在精神上使唐先生快活，在物质上可以多少剩下点扣头，至少也顺手把他自己送焦委员的礼物赚了出来。

对于招待到文化学会来的人，唐先生说不上是乐意作，还是不乐意作。由焦委员那儿来的人，自然多少都有了资格来历，他本应当热心的去招待。可是，因为他们有资格，哪怕是个露着脚后跟的穷光蛋呢，也不久就能混起来，地位反比他自己强；这使他感到不平。况且，谁来了都一支就是一二百，而唐先生自己老是靠着那四十块不见明文的津贴——或者更适当的叫作"剩头"。但是继而一想呢，接济这些穷人到底比白白给焦委员汇去较为多着点意义,焦委员并不指着这点钱,而到穷人手里便非常的有用,于是他又愿意招待这些人;他恨焦委员,所以能少给他汇点去,多少可以解解恨。

所以,他一看见文博士那张无官衔的名片,他心中就老大的不乐意,又是个穷光蛋!及至博士来了硬的,一点不客气的说出,博士就是状元,他心中又软了,好吧,多给焦委员开销俩钱,顺水推舟的事,干吗不作个人情呢。

现在,文博士借着点酒气,说出心中的委屈,唐先生的脑中转开了圈圈。这个有博士学位的小伙子是吃完了抹抹嘴就走呢,还是有真心交朋友?假若博士而可靠的话,他细细的看了看女儿,客观的,冷静的看了看:现成的女儿,师范毕业,长得不算顶美,可是规规矩矩。假若文博士有意的话,那么以唐先生的交际与经验,加上文博士的资格,再加上亲戚的关系,这倒确是一出有头有尾,美满的好戏!自己的儿子只能在大学毕业,可是女婿是博士,把一切的缺点都可以弥补过来了!

不过,这可只是个就景生情的一点希望与理想。唐先生知道世界上任何一件事都不是直去直来,一说就成的。别的事都可以碰钉子,再说,可不能拿女儿试验着玩。慢慢地看吧,先把文博士看清楚了再说别的。不错,这件事并不单是唐家的好处,文博士可以得个一清二白的妻子,还可以得个头等的岳父兼义务的参谋。可是,谁知道人家博士怎么想呢,不能忙,这宗事是万不能忙的。

饭后,文博士开始打听焦委员给他的那张名单上的人。唐先生认识，都认识，那些人。可是，不便于一回都告诉他。唐先生的语气露出来：事情得慢慢地说，文博士须常常的来讨教；最好是先规定好每星期来教几次英文，常来常往，彼此好交换知识。文博士一点也不想教英文，可是不便于马上得罪了唐先生。他看得出来，假若他不承认这个互惠条件，唐先生也许先到各处给他安排下几句坏话，使他到处碰钉子。虎落平川被犬欺，博士也得敷衍人；他答应下每星期来教两次英文。唐先生答应了每次授课由他给预备饭。文博士开始觉出来中国人也有相当的厉害，并非人人都是老楚。可是，他也有点愿意他们厉害，因为设若人人都像老楚，那还有什么味儿呢！他预备着开战，先拿唐先生试试手。他心中说，无论老唐怎么厉害，反正自己是博士，看谁能把位博士怎样得了！

由唐家出来，他觉得心中充实了些，仿佛是已经抓到了点什么似的；无论怎说吧，拿到老唐就得算是事情有了头儿，不忙，慢慢地一步一步的走，能利用老唐就能在济南立住了脚，这不会错！

回到宿舍，青年会的干事过来拜访，请他作一次公开的演讲。他不愿意伺候青年会的干事，可是这总得算头一次有人表示出敬重博士的价值，似乎又不便严词拒绝。再说呢，开始在济南活动，而先把名声传出去，也不能算完全没有作用。他答应了给讲一次"留美杂感"，既省得费工夫预备，又容易听得懂。答应了之后，他不但不讨厌青年会干事了，反倒觉得痛快了些；那个干事开口博士长，闭口博士短，使他似乎更当信赖自己，更当拿起些架子，"博士"到底比什么也响亮受听。假如人人能像青年会干事这么敬重他，他岂不马上就能抖起来；他几乎有点要感激那个干事了。

为这个讲演，他想应当去裁一套新洋服。头一次露面，他得给人们一个顶好的印象，不但学问好，人也漂亮。谁晓得由这一个演讲会引出什么好机遇来呢？即使是白受累，什么也弄不到，那也没什么，新洋服是新洋服，总要裁一身的。刚才要买条新领带而打了退堂鼓，现在决定了去做新衣裳，到底青年会干事不是完全没用，会帮助自己决定了这件事。决定做一件事总是使人痛快的，他不再去思索，就这么办了。

到阅报室去看了会儿报，国事，社会新闻，都似乎与他没什么关系。随便的看完一段，他就想到洋服的颜色与式样上去；这身新洋服是新生命的开始，必须做得便宜，体面，合适。把自己先打扮好了再说，自己是一切。想了会儿，再去看一段报，他觉得那最悲惨的新闻，与最暗淡的消息，都怪有趣，仿佛是读着本小说那样可以漠不关心。

看完报，柜台前面已经放好"文博士主讲"的广告牌。他只看了一眼，大大方方的走出去，怪不好意思，可是挺快活。

# 第七章

洋服做好，文博士有点后悔，花了七十多块！原本没想花这么多钱，可是选择材料的时候，西服店的老板看了看博士身上的那件："嗽！先生，这是外国裁的，还敢请你看次等的材料？！"他只好选了较好的料子——还不是顶好的。到底是站在洋面上的，洋服店的人就多知多懂一些，知道什么是好坏；多好的西服教老楚看见也是白饶。文博士非花七十多块不可。

及至把衣裳取了来，式样手工都很不坏，可是他到底觉得太贵了些。既然在衣裳的做法上找不出毛病来，他转而怀疑衣料是否地道。济南没有什么可靠的地方，没有！他看出来，这里只有两类人，老楚是一类的代表，唐先生是另一类的代表；西服店的人和唐先生是同类，狡猾，虚诈。一位博士而陷落在这两类人中，没办法！

穿上新洋服，他到唐家去教英文。已教过两次了，建华是眼看顶棚，大概还是想着张墨林的问题。树华的手搓着膝磕，也许是还恨着文博士的轻视新文学。只有振华很用心；就是不用心，至少她的态度是那么安详，不致使文博士太难堪了。他不想再白跑腿，可是又不肯轻易放弃了唐先生的那些可贵的知识。唐先生非常的客气，茶水饭食都给预备得很好，就是来到真事儿上不愿多说。至少他的打算是这样：即使拴不牢这位博士，反正也得先把他鼓捣熟了再说；先把文博士弄成唐家的顶熟识的朋友，再放松了点儿手，也总好办一些。对于子女热心学英文与否，他倒不十分关心，他就是愿意文博士常常的来，只要博士肯勤来便有办法。

这天——文博士穿上新洋服这天——建华照了一面，说有点头疼，请假。树华没回来，因为学校里开运动会。唐老先生也没露面，只有振华独自陪着文博士。文博士有点不好意思。设若这是在美国，他很有办法对待她；可是她是个中国女子。他知道中国女子都是唧唧嚁嚁的不大方，根本招惹不得。他必须谨慎一些，不能像在美国那样随便，一也不是为振华设想，而是怕误了自己的大事——他不能随便的交女朋友而弄坏了名誉。多咱他见着十万八万的钱，他才能点头答应婚姻大事。

谈了几句，他觉得振华也有点可爱，她的态度是那么安详，简直和美国女子完全不同。这点安详的态度似乎比西洋女子更多着一些引诱的能力；一个中国人由不得爱看一张山水或一条好字，中国人也由不得喜爱女性的安详。她的相貌很平常，可是那点安静劲儿给她一些尊严，尊严之中还有点妩媚，像一朵秋天的花，清秀，自然。说话的时候，她的脸爱偏着一点，不正面的对人笑，可是嘴角上老挂着点和蔼的笑意。十分安定的坐着，一双极可爱的脚自然的在长袍下面露着，像大叶子下一对挺美的银瓜似的。

文博士很愿意吃唐家的饭，但是他敷衍了几句，就告了辞："下回再学吧，密司唐，还有点事。"

她很大方的替她的弟兄道歉，并没十分留他。

他心中老大的不得劲。

第二天，他在青年会讲演，老早的就穿好了新洋服，而且买了条新领带。听讲的人有一坐下就要睡着的老头儿，有穿制服的，鼻子上老出着汗的小学生，有抱着孩子的老太太，人头很复杂，气味很难闻，秩序很乱，文博士皱上了眉。不能临时打退堂鼓，可是为这群人费力气真有点合不着。刚要开口，唐振华进来了，规规矩矩坐在最前排，脸上带着点似有若无的笑意。文博士不知为什么打起点来精神，照着所想到的一层层的说下去。听众们有很注意听的，也有毫不留心的，也有听了几句就走出去的。文博士不时的瞭唐振华一眼，她始终是安安静静的听着，他说到有意思的地方，她脸上的笑意便随着扩展，听众们有不守秩序的时候，她便随着他微微一皱眉。她不仅是来听讲，也仿佛是来同情他，安慰他。等他讲完，大家正在拍手的当儿，她轻轻地立起来，慢慢地走出去。

回到宿舍，文博士愣着想了会儿。他已经不能不承认唐振华有些可爱，因此，他必须思索。不，他必不能上唐家的当。无论振华是多么好的女子，他不能要她。凭一位美国博士，不能要个师范生，这是一；唐家不能帮助他什么，他不是为他们而来到济南，这是二。有这两层，唐家的人简直是他的障碍。他得马上进行他的正事，不能再迟延，不能教唐家的人拿住他。

难处是一时不能一刀两断和唐家绝缘。手中的二百块钱是一攘儿就完的,自己不是不会吃苦,而是根本不应当吃苦;既不应当吃苦,钱就出去得很快。那么,他必须和唐家敷衍,好再借钱。这不是体面的事,可是除此还找不到近便的方法。好吧,不管怎样吧,他不能马上放弃唐家这伙人。可是他得留点神,必定别教唐家的人给他绑上,特别应当留神唐振华。女子多半是有野心的,他以为;不过,像唐振华那个模样,那个家当,那个资格,乘早儿别往博士这边想!他有点可怜她,怎奈博士不是为她预备的。

　　把她这么轻轻放下,他决定立刻去拜访那几家阔人,不再等唐先生给帮忙。拿出焦委员给的那张名单,他打算挨着次序去拜访。头一名是卢平福,商会的副会长。他找到青年会的干事,问了卢家的住址,干事知道的很详细,因为卢会长也是青年会的董事。

　　次日九点多钟,文博士决定出马去看卢会长。他心中有点发跳,虽然不信宗教,可是很想祷告一下,成败在此一举,倘若开头就碰了钉子,才没法儿办!把领带正了好几次,他下了楼。

　　卢宅的大门,与济南的绅士家的大门一样,门外另加铁栅,白天也上着锁。大门与铁栅之间,爬着条小驴似的大狗。文博士刚一上台阶,大狗就扑了过来,把铁栅碰得乱响。出来个仆人。先把狗调了走,而后招呼客人。把名片拿进去——文博士声明是由焦委员那里来的——又回来,这才开铁栅的锁,非常的严重,好像一座关口似的。

卢会长是个高胖子,眼睛亮得可爱,像小娃娃的那样黑白分明。脸上都很发展,耳朵厚实长顺,耳唇像两个小毛钱似的。见了文博士,他的双手都过来握着,手极白净绵软。把文博士拉到屋中,赶紧递过来炮台烟,然后用水桶大小的茶壶给倒上茶。

"文博士是从美国回来的?"卢会长的嗓音响亮,带着水音,据说能唱一口很好的二黄。看文博士谦恭的一笑,承认这件事实,他马上转了转那对极黑极亮的眼珠:"文博士,美国收买花生——我们济南管叫长果——近来行市很低;眼看新花生就下来,这倒要费些心思呢!文博士可知道?""离开美国已经有几个月了,这倒不很清楚。"文博士本来不吃烟,只好把烟卷拿起来看了看,表示出很安详的样子。"卢会长不是丝业专家吗?"他反攻了一句。

卢平福哈哈的笑起来:"文博士,这年月讲不到什么专家喽!横扒搂着,还弄不上嚼谷!丝业?教人造丝顶死了!没办法!我什么也干,就是赚不出钱来!在周村,我有丝厂,眼看着得歇业;东洋人整批的收茧,没咱们的份儿;济南咱有门面,替洋货销售,没办法!咱什么也干,干到归齐,是瞎凑个热闹!我还办报呢,博士信不信?济南《商业时报》是我的。哎,文博士,等有工夫给写点文章!"

"那要看什么样的文章了!"文博士笑了笑,心里说:"这个家伙不懂得什么叫专门学问!"

"什么文章也是好的，自要博士肯写；不瞒你说，我还写戏评呢，自己唱不好，哼哼两句！"卢会长的黑亮的眼珠又极快的一转，话又改了辙："文博士，从上海过的时候，注意到山东的果子没有，我们今年试办，先运苹果和梨。以前，货一运到，总得伤害多一半，据周海卿——也是美国留学生，很是把手儿——说，那是果皮上有病菌的缘故。他给我们出的方法，教我们按他的方法起运。谁知道怎样了呢！事儿多，简直顾不过来，到如今还没听见下文。"

"我在上海的时候，才刚交四月；这次是由北平下来的。"文博士觉得只有招架之工，并无还手之力了。他心中很难过，他看得明明白白，姓卢的这家伙并不是故意为难他，而是疯着心想多知道一些事儿，为是好去横搂巴钱。即使这家伙的毛病在于不晓得博士的学问是各有专长，可是自己连一句也回答不出，总怪难以为情。他正这么想，卢会长又抓住了北平。

"焦委员答应了我们，给我们运动北平的各机关，一律穿烟台绸的制服，哼，夏天已经过去，连个信儿也没有！博士可知道？"

文博士不知道。但是不能直说，他必须在这个人的面前显出和焦委员很熟识，不能一语回答不出。他又真不知道这件事。他用力的往下镇定，可是到底脸上红了一点："大概得明年开始了。"说得非常的不带劲，他自己觉得出来。"谁说不是！"卢会长叹了口气，不知是不满意焦委员，还是看文博士没用。

文博士想说出他自己的学问。不能就这么再教卢会长——一个小小的商人——给叹气叹了下去！"在美国我学的是教育，对于商业隔膜一些。学问——在现在的世纪——太专门了！太专门了！"

他以为这可以挡回卢会长的乱问了，即使这不是联络人的顶好的方法，至少也维持住了博士的尊严。哪知道，卢会长的眼睛又极快的转了个圈："文博士，对了！我们正想办个玩具公司，好极了！你看，博士，维县的机厂，现在什么铁玩意儿也能模仿；我们就这么想了，弄不多的钱，找几个工人来，他们作带机器的小玩意儿，小火车，小轮船，会跳的小猴；一本万利的事！我是混想发财，谁不是如此？作买卖为商，花样越多越好！文博士，给来个计划，咱们合办！"

"那行！那行！"文博士只好扯谎了，好能挺着胸走出去。他心里要说的是这个："那属于幼稚教育，我学的是专门与中等教育行政！"

假装是回来作计划，他知道以后很难和卢会长见面了。走出大门来，卢会长还喊着，"专等博士的计划！"博士极慢极慢地走回宿舍，像好几天没睡好觉那么不精神。

# 第八章

怎办呢？怎办呢？这个钉子碰得多么大，一位新从美国回来的博士会被个小商人问得直瞪直瞪的！这决不是自己的学问不地道，不是，而是缺乏经验；为什么在未去以前不先详细打听打听呢？一个人有一个人的事业与脾气，博士并不能钻到人人心里去。全是老唐的鬼，全是！他要看我的笑话：他全知道，而一句不肯说，好可恶！文博士想到这里，愤怒胜过了羞愧，设若不是老唐闹鬼，他决不会栽这样的跟头！把罪过都推到老唐身上，他觉得自己还是堂堂的博士，并没有什么毛病，要免去毛病，他得先治服了老唐。

怎么治服老唐呢？哼，这得全盘合算合算了。到底在这里扎空枪有好处呢，还是应当根本放弃，不再多耗费时间与精神？不，不能白白的放弃：到别处还不是得从头儿来？既想往下继续的做，还是先得解决老唐。和，还是战？不，不能公然的作战，顶好且战且走，说着好的而揣着坏的，即使还不成功，也教老唐知道知道自己的厉害。好吧，先拿唐振华解气吧。她一定是红着心想抓到个博士，何不将计就计呢？设若不是老唐那样的可恶，谁肯使这个毒辣的手段；老唐，老唐！你多咱要是吃了亏，可别怨我！应当怨自己不是东西。

打定了主意，文博士又打起精神来。卢宅那一幕不过是个小挫，小一半儿是自己没留神，多一半儿是老唐的闹鬼。过去的事过去了，不必再惦念着。再说，卢平福不过是个商人，往好里说才能算个资本家——小小的资本家——懂得什么叫学问，哪叫博士。在他面前无所谓丢脸，不过是会面的时候差点教这家伙给问倒，稍微有点不得劲而已。无论怎样说吧，这件事根本不成为一件事，不再想它好了。以后再去拜访生人，应当小心一点，先打听打听，这倒是个经验。是的，经验不能都是甜美的，所以才能这回碰了钉子，下回好懂得留心。把见卢会长这一场打入"不甜美的经验"里，他又高兴的往前看了。

他得和唐振华谈一谈，只要引起她的同情，她就会去打听一切。不过，怎能引起她的同情呢，假若不稍稍露一点相爱的意思？管它呢，她要是喜欢那样呢，赏给她一点爱情好了；出了毛病是她自找。在战争中不讲什么道德，只能讲手段。

他打算在振华下学的时候，假装在街上闲逛似的，遇上她，把她约到公园去谈一谈。看她肯不肯，若是不肯呢，再想别的方法。反正对她多一番亲近，她总会晓得的。就这样办了，果然遇见了她。

"密司唐，刚下课吧，我没事，想上公园去看看。密司唐也玩玩去，公园里也许有些菊花了吧？"他不显着急促，可是开门见山的明说了；对唐振华用不着分外的有礼貌，她不懂。

"家里还有事呢，"振华轻描淡写的推辞了。

"要不先回去说一声？"文博士爽性把话说到了家："有

话和密司唐谈，关于我自己的事。"

振华笑着想了想："一同家去吧。"

"也好。"文博士显出很爽直，有些男儿气。

二人在街上走，行人们多数的都多看他们一眼；由乡下进城买东西的男女们。有的拿着卷儿东洋布，有的拿着些干粉条或高香，差不多每逢遇到剪发的女子和个男人同行都要立住了呆呆的看一会儿；他们也这样看着文博士与唐振华。拉车的虽然看惯了这种事儿，可是让车而遭了拒绝，也便拿出点根本反对这种景象的意思："拉去嚜！两辆嚜！"这样喊着，似乎是为自己，也为孔圣人，出口气。唐女士低着点头，依旧不卑不亢的走着。文博士反倒觉得怪不得劲，他真恨这群没有文化的中国人！

到了唐家，家中的主要人物还全没回来。给文博士斟了一碗茶，她规规矩矩的坐下，往上推了推眼镜，等着他说话。文博士倒呆住了，不知应说什么好。她微微那么一笑，把整个的脸都增加了一些光彩："有什么话，文博士？"文博士呆呆的看着面前的茶杯，杯里的茶是那么清净，光明。像一汪儿金液似的，使他心中也干净了些，平静了些，他说了实话："密司唐，我很不得意，令尊能帮忙而不肯帮忙我！"他从来没这样吐过实话，没这样动过真的感情，所以言语不能——像平时那样——完全凭着脑子的安排；低下头去，忘了下面的话。

"文博士，你不怪我嘴直？"她的脚微微动了动，表示着点不好意思直说，而因此稍有点焦躁。

"当然不能！"文博士抬起头来，深深的看了她一眼，像条老狗做错了点事而求主人原谅那样："我来求你出个主意；令尊不肯……"

"我晓得！"她说得非常的自然轻快，可是有一些力量，像针尖似的，小而锋锐。她好像把文博士的一切都看得明明白白。决不肯绕着弯子费话，而要一针见血。这使文博士惊异，平常。他总以为女人都是唠里唠叨，光动嘴唇，而没有任何识见与意义。况且唐振华又只是个小小的师范毕业生与小学教员。现在，他仍然不承认自己的观察有什么多大的错误，可是他觉出她有点例外的智慧，"例外"是最足使人惊异的。"我晓得！这不是第一次了！"她微微停了一小会儿，为是省得显出太直率不客气；笑将停住，话又跟着出来，像风儿将把花吹藏在叶下，又闪出来："焦委员常常往济南送有志的青年，都由父亲招待，这不是第一次了。我们都很喜欢常有朋友们来，可以多听点事，长点见识。不过，以我自己说，我总觉得这种来往有点，有点，空虚，甚至于是虚伪。我倒不是说，这是因为我们一家子人落不着什么，所以觉得空虚。我是看那群青年空虚得有点可怜。"她又微笑了笑，似乎是要求文博士的原谅。

他拧着眉点了点头，表示教她说下去，不必客气。为是减轻些正面的攻击，唐振华把话转了个方向："你看，我们家里的人，父亲，哥哥，也都有点那个毛病。他们不去努力做自己的事，而老想借别人的光儿一下子跳起去。父亲，白忙一世，老觉着委屈。大哥二哥，也是那样，连对于学问都想用很小的劳力，而享极大的荣誉。他们都不大看得起我，因为我认真的去教小学生，而不肯随着他们的意思去找个阔人，作个太太。假若我看不上家里的人，我就更替那些由焦委员那里来的青年可惜。他们要顶好的事，要顶有钱的太太，并不看事情本身对别人有什么好处，并不为找个真能帮助自己的女子而结婚。他们自居为最上等的人，总想什么力气也不卖，而吃最好的，喝最好的。我并不懂什么，不过要据我看，就觉得这是讨便宜；人家当兵的，把命全押在那儿，一月才挣几块钱。"

"密司唐！"文博士有些坐不住了。"原谅我插一句嘴，一个兵可以什么都不晓得，一个留学生的知识是花了多少年的光阴与多少堆洋钱买来的，这不能放在一块儿讲！""一点不错！"她把听音提高了些，"可是一条命是一条命，把命押上，就是把所有的一切全押上了。押上命的既挣几块钱，我就看不出留学生有什么特权去享受！"

文博士笑了，笑得很不自然："密司唐，大概你我永远说不到一处了。也许，也许，原谅我，你曾经吃过留学生的亏吧，所以看他们还不如一个简单的大兵？"

振华微笑着摇了摇头，笑意仿佛荡漾到脸外："我没吃过他们的亏，父亲吃过；我晓得怎样躲着他们。我知道我长得不体面，资格低；我现在只想教小学生，将来呢，谁知道。无论怎么说吧，我知道我的价值，不肯高抬自己，也不肯轻看自己。我愿意这样，所以也愿意别人这样。我若是你，文博士，我就去找点自己能做的事，把力气都拿出来，工作的本身就是最高的报酬，劳力的平等才是真正的平等。"

文博士不愿意再往下听。在国内读书的时候，他只得了学分与文凭，并没听过什么关于生活上的教训。在美国留学，除了上堂与读课本，并没体验过什么品德的修养与生命的认识。目的在得博士学位，所以对于别的事情用不着关心，正像上市去买一样菜，除了注意所要买的东西，他不过是顺手儿逛逛市场，只觉得热闹，用不着体验什么，思索什么，听了振华的一片话，他感觉到她根本不明白博士的价值，用不着再和她讲什么。况且她的话，他以为，必是因为吃了留学生的亏，因失恋而有了成见。即使她根本没有失恋，而这些话是由她心中掏出来的，那也适足以证明她的脾气别扭；在他想，一个女子根本不应当说这样的话：在美国，他见过的女人可多了，人家谁不是说说电影与讲讲爱情？没有这么整本大套教训人的。况且，她到底不过是个小学教员，怎能有高明的见解呢，怎能呢？一位博士而被个师范毕业生唬住，笑话！这么一想，他反倒可怜了她，凭她这一套，要能找到个男人才怪；长相又是那么平凡！因为可怜她，所以不便和她生气；反之，倒须再敷衍她两句，把这一场和和平平的结束过去。他很宽大的放出点笑容来："那么密司唐，你看我不应当再留在济南？"

"地方没关系，全看你想要做什么，与怎么做。""哼，"他几乎是有意的开玩笑了，"我想先在这儿结婚，怎样？"

"那也不错，"振华也有点嘲弄的意思，"杨家正找女婿呢，父亲不肯告诉你，我肯。"

"哪个杨家？"还像是说着玩，文博士可是真想探听点消息。

"大生堂杨家，他家的大女婿是卢平福。"

文博士记得，焦委员的名单上有这么个杨家。假装着不去关心，而顺口说了声："卢平福是怎样的人？""他，臭虫，一辈子忙的就是吸人血。他也是留学生呢！"振华又推了推眼镜。

"他，留学生？"文博士受了一惊似的。

"老留学生了，剑桥的硕士呢。"

文博士的心落稳了些，怪不得说不过他呢，原来这家伙也有学位！同时他也想到：既然同是留学生，那么谁说得过谁也就没大关系了，在卢家那一场满可以一笔勾销了，他心中好像去了一块病。心中痛快了些，他又客气起来："谢谢密司唐，改天咱们还得谈谈呢，我最喜欢讨论，在美国的时候，我还给大家组织过讨论会呢！谢谢！"最后的一句他没说出来："谢谢你告诉我大生堂杨家。"

## 第九章

　　一边儿走，文博士一边儿清算：原想去给唐振华个好脸，她反又臭硬起来；好吧，对唐家父女和对老楚一样，从此不再搭理。这倒干脆！哼，把他们都捆在一块儿也抵不过一个博士的一对脚丫！

　　原想跟她说些真话，谁知道她会那么别扭，劝我去做苦工，笑话！一个博士要也去教小学生——比如说——还要师范生干吗？笑话！女子是得生得美呀；脸子丑，没人待见，像唐振华，就得越来越自怜，觉得自己的脸子虽丑，可是有点思想；满有胆子去唬人，现在居然唬到博士头上来了！可笑！好吧，凭她那份相貌，再加上那份老气横秋的神色，吹！一无可取！连个脸也无须赏给她了。

　　可是这一场不能算没点成绩，杨家，杨家，是的，到杨家去。到底姓文的给你们看看，我要不由此跳腾起来，算白做了博士！

　　比如这么说吧，假若刚才她也知趣，顺着我的话，鼓励我一番，把她父亲所知道的告诉告诉我，给我出个主意，说真的，假若我要是弄不到个阔女子，还真许跟她——唐振华——多亲近一些呢。这不能不算是她的便宜。哼！跟我要那一套，在美国大学,那么多的名教授,也没教训过我!唐振华算是完了,谁娶她也得倒一辈子霉!年轻轻的,没一点志愿,没一点向上心!好吧,去教一辈子小学生吧。我得教你看看,看看到底博士是怎样的人物!

自己越这么叨唠,心里越痛快,他决定放弃了唐家父女,用不着这样的废物。

把他们放下,他想直接的赶快的去拜访杨家。这只许成功,不准失败。这次要是再失败了,可真得落在唐振华的话底下了:放弃济南。不能,这次非成功不可。也别说,卢平福凭个硕士而能打进杨家去,那,博士当然更有把握了。成!没错!

眼看就到中秋节,街上卖着顶出眼的果品,和顶拙劣的兔子王。对于这些果品,文博士只感到点颜色的美艳,永想不起去买;他要吃就得是用纸儿包着的美国桔子或东洋梨;这些中国果子,在他看,颇有些像中国妇女,即使看着好玩,也不大干净。对于兔子王,拙劣与否先不去管,他根本不去看,他的心里顾不得注意这些可以使个小孩儿喜欢半天的玩意儿。

至于那些大而无当的月饼,他更不去注意;即使他真想尝一尝,也不肯去买,穿着洋服而去买月饼,他觉得是投降了中国社会的表示,他决不干。

虽然这些东西都引不起他的注意,可是人们的忙乱与高兴,到底使他感到些渺茫的不安。忽然在灰尘与叫嚣的空气中闻到一些桂花的香味,微微的,酸酸的,到了他的鼻尖就消散了,再也闻不到。这点香味引起他的乡思,他想起美丽的四川,与自己的飘零。他更厌恶四围的东西与男女了,中国人过节,似乎是专为引起博士的感慨。他急忙的走回宿舍。

吃过晚饭,他去找那位请他讲演的干事拉了回呱儿,打听打听杨家的事。这回他不再冒儿咕咚的去拜访,必须有些准备。据那位干事说,杨家的药铺——大生堂——已是三百来年的买卖,有专人在东北采参,自造阿胶,自己有鹿园药圃。在济南,就是在华北,也得算药行的威权者。不过,近些年来,可也显着微索,家里人多,开销太大,又搭上子弟们有在外埠开设分号的,打着杨家的旗号,可是不往老柜上交账。虽然这样,瘦死的骆驼总比马大,到底还得算是阔家。当初张宗昌在济南的时候,干事就景生情的说,杨家一送月饼,就是一打,五百块钱一个的。里面装的馅是钞票和金首饰。杨家的大爷,在节后,就派了参议,很在官场里活动过一番。虽然多人多花,并没因此而更富起来,可是在张宗昌手里,商家都走杨家的门子,做省府的买卖。这点官商沟通,到如今还有余威,所以商会的正会长老是杨家的人,现在连副会长也落在他家的女婿手里。

这点报告使文博士高兴,又有点害怕。高兴,这正是他愿打进去的人家,有钱有势,官商两面全能活动;害怕,假若杨家和卢平福一样的考问他呢?就是马上去预备也来不及,谁能还背诵《本草》去!在知识上几乎无从预备,人家卖药,自己学的是教育行政,怎能打通一气呢?

假若在知识上不能有任何准备,那么,对于杨家的人的嗜爱脾气总该当知道一些。这个，可没法和青年会干事讨教，因为青年会是不肯批评任何人的。想来想去，还是得找唐先生去，唐先生知道一切。

怎好意思再找老唐去呢？刚才原本想拉拢住唐振华，教她给作个侦探，谁知道她会那么不知趣，给脸不兜着。既碰了她的钉子，怎好还再找她的父亲？况且对老唐也不算是不尽力敷衍了，白去教英文，见面也强打着精神跟他闲谈，可是结果适足以长他人的锐气，灭自己的威风。怎办呢？还能教博士去给老唐磕头请安吗？

干脆来硬的好了，拿焦委员拍他！不过，那个老滑头准会假装害怕，表面上帮忙，暗中破坏，不好。这么着吧，给他点硬的，同时又是软的，看看他，先看看他怎样还手。假若他也来硬的呢，那就彼此翻脸不认人了，对不起；他要是软下去呢，就更好，省得闹翻了大家不好意思。想好了这条路儿，他拿出钢笔，想给唐先生写封信。信要硬，告诉他没工夫再去教英文，语气中带出点不满意，教他自己琢磨去。随着信，送上一筐儿果子，作为节礼，这是软的。对的，刚柔相济，看他怎办！

不过，写信倒不是容易的事。用英文写吧，不管好坏，总可以把他们唬住。可是他们读不明白，还不是白费蜡。用中文写吧，不管好坏，总没有英文来得顺便，有许多用英文可以说得很委婉的，用中文就弄不上来。再说呢，唐家的人都会之乎者也的能转两下子，自己要是转不好，岂不被他们耻笑？即使费点心思，编得好好的，自己的中国字又成问题。写外国字满可以随便一抹叉，中国字得有讲究，而自己一点也不懂这些讲究。对着信纸出了半天的神，越来越觉得别扭，什么事出在中国都别扭！

费了好几张信纸，最后决定把用英语想起来的意思一股脑儿钩销，简单的写了几句："因事忙，暂停指导英文。果品一筐，祈哂纳！"……好了，这省得出毛病，而且因为简单反倒能露出点硬劲儿来。至于字法，就用钢笔一划拉，不必露出用心写的痕迹；美国博士是不讲究字的。

第二天，连信带果子都派人送了去。

果然灵验，当天下午唐先生便来道谢，亲手提着两匣广东月饼，仿佛是瞧看姑奶奶来似的。文博士皱上眉锁住心中的笑。

"谢谢，谢谢，谢谢！"唐先生的手在眉心那溜儿拱着，还微闭着点眼，好像心中咂摸着自己谦恭的味儿。坐下之后，唐先生叹了口气。"文博士，十分的对不起，对不起！小女的脾气……我跟她好吵了一顿！"唐先生的确和振华吵了一顿。他以为，自己尽到了做父亲的心，给她造机会，可是她不懂；几次了，都凭空的把有学位的人放过去，他不明白她到底是怎回事。"三儿一女，对她多少娇惯一些，博士不必对她……她什么也不晓得！"

"唐先生，请千万别这么想！"文博士很郑重的讲："我一点也不是为振华女士。实在是太忙，太忙！"拉着字音，他想说得更充实一些:"一来是朋友慢慢地多起来,总得应酬应酬;二来是常到图书馆看看书;这里买外文书不方便,只好读些中国旧书,也倒还有趣味。脑子和刀一样,不常磨一磨就会生锈的,我很喜欢读书,很喜欢!"说完这片假话,他觉得自己的身份确是很高,总不肯忘记了读书。

又闲扯了一番,彼此间的感情慢慢又往亲热里转回来:在唐先生看呢,这全是振华的错儿;不过既失了个博士女婿,就别再丢掉一位朋友。在文博士看呢,既然老唐已经服软,不好意思再赶尽杀绝;无论怎说,老唐到底是个有用的人。这种谅解先在心中盘旋着,渐次在语调言词中流露出来,像开水壶那样先在里面发泡,而后热气顶开了壶盖儿。话既说明,双方都得到些安慰,越说便越亲热,好像是多年的老友似的。"文博士,有一件事要和你商议一下。"唐先生乘着热烈的感情还没消散,提出点实际的互助来:"听说,他们要设个什么委员会,专为调查与消灭过激的思想和人物。委员都是兼职,自然没多少工夫去做事,所以得请一位专员。事情虽然说不上很甜,可是很自由,不过是出去调查调查,然后作个报告而已。到处调查呢,自然身份也不低,连县长带一切的地方官吏都得好好的伺候着。这还不算,最值得一干的地方是在这里:真要是调查出来几案,报上去,专员在省里就露了脸;省里再报告给中央,省里又露了脸;这是个有出息的事,说不定混上一年半载,还许调到中央去呢;中央非常,非常注意这件事!小儿建华作这个就很合适,吃亏资格太浅,即使咱们把委员都托到了，恐怕说到资格这一层还不大能顺利。博士，你要是愿意干的话呢，我保险，准成。凭你的资格，凭我的奔走，一定能成。成了以后，我打开天窗说亮话，你做专员，建华做你的助手。你省得闲着，建华也去经验创练一下。这是咱们的协定，君子一言！博士你要愿意，我马上就去办。可是，原谅我的叨里唠叨，你必定得带着建华！怎样？"

"容我考虑考虑！"文博士异常的郑重，翻着眼珠，头偏着点，像个吃了一惊的鸡："考虑考虑！"

唐先生微笑的等着，心里说："考虑个屁！我给你去奔走，你还考虑，他妈的装这道蒜！"他心中真有些不平：假若自己或建华而有个博士资格！没法，为建华的出路，不能不借用博士这个名位，没法！他只好微笑着，看人家博士在那儿考虑。

"那个，唐先生，大概的说，专员能拿多少薪俸？"博士声音低重的问。

"那可说不上，"唐先生对博士的亲热劲儿全又跑了，要不是为栽培自己的儿子，他真想打博士两个嘴巴，虽然唐先生永远不敢打任何人。"这是条出路，是不是？""好吧，我们合作，我们合作！"博士觉得应当把话拉回来，别绷得太过火了。

"可得真正的合作，有你就必定有建华？"

"一定！"博士伸出右手来。

唐先生本来懂得握手的规矩，可是因为心中不平，把这个礼节忘了，所以把双手一拱，而后又赶紧双手拢住博士的手腕，像要练习国术的短打似的。

# 第十章

彼此答应下合作,心中都安静了一些,像吃下一丸定神的药似的,虽然灵不灵很是问题,但总得有点信心。为表示这个信心,文博士非请唐先生吃顿西餐不可。唐先生把所有的谦恭与推辞都说净了,没了法,只好依实的叨扰。在吃饭的时候,文博士充分的拿出西洋绅士的气派来:低着声说话,时时用布巾轻轻的拭一拭嘴角;不但喝汤没有声响,就是置放刀叉也极轻巧;本来不渴,可是故意的抿一口凉水;全身的力气仿佛都放在牙上,有力而无声的嚼动,眼睛看着面前的杯盘,颇像女巫下神似的。他不但时常的看看对面的唐先生,也很关心别的饭客,看看大家注意到他——模范西餐家——没有。

唐先生并非没吃过西餐,但是他有他自己的吃法,就是和洋人一块儿用饭,他也不能更改他独创的规矩。喝汤的声音,在他看,是越响越好;顶好是喝出一头汗来,才算作脸。叉子可以剔牙,刀子可以进口,唯其运用自由,仿佛显出自然得体。最得意的一招,是把鸡骨头啐在地上。

文博士看不上唐先生这一套独门制造的规矩,所以自己越来越拿劲,好像是给大家看看,文明与野蛮的比较就在这里。他不便于当面劝阻唐先生往地上吐骨头,可是心中坚确的认明自己的优越，在一切的事情上他应当占上风，有剩汤腊水的赏给唐先生点儿也就够了。在这一餐的工夫里，他看清唐先生只配作个碎催，简直没法子去抬举，去尊敬。有了这点认识，他想起一些事儿来。

饭后，他不放唐先生走，又一同回到宿舍；给了客人一个美国橘子，他开了口："唐先生！咱们合作就合作到底！没有合作，没有成功，我由在美国的时候就这么相信。我把实话告诉你，也知道你必定能帮助我。事情成了之后，用不着说，我的发展也就是你的发展。我由北平来的时候，焦委员嘱咐我到大生堂杨家去。我一向没对你说，因为你我互相的认识还浅；今天咱们既是决定合作了，那么就应无话不说了。我打算马上就到杨家去，我需要你的帮助！"

唐先生细心的听着，脸上的笑纹越来越增多，可是自己也晓得笑得很没道理。听博士讲完，他还笑着，假装去剥那个橘子，心中极快的把这件事翻过来掉过来的思索了一番。杨家的事，他知道。文博士的志愿，他晓得。他要是愿意的话，早就可以把这两下里拉在一处了。可是，自从文博士来到济南，他对这件事的态度，虽然不想公然的破坏，但也丝毫不想出力成全；假若文博士早就独自下了手，到杨家去，他还真许给破坏一下。博士始终没去，所以他只好按兵不动。现在！既然提到这个，他得想想，细细的想想。

唐先生原来的计划是以振华来拉住文博士，以建华来代替文博士到杨家去。这个计划，到现在，已经破坏了一半，而且是自家人给破坏的——振华不听话。这一半既已没法补救——他没法强迫文博士与振华都听他的支配——其余的那一半是否还值得挣扎不呢？

杨家托过他做媒，他自然第一便想到建华。想教儿子一步就跳起去，做驸马是最有力的跳板，这无须再考虑。不过，杨家的姑娘什么样，他晓得。公主来到自己家里，唐家能伺候不能，他没有十分的把握。志愿是志愿，他的精明可是会到时候把志愿勒住，不能被志愿扯得满世界乱跑，况且，多少也要对得起儿子，做父亲的不能完全把儿子当作木头人似的耍弄。

这点考虑，使他满可以登时答应下文博士。可是，唯其是文博士，所以他仍然恋恋不舍的不忍得撒手杨家这门子亲事。这与其说是出于考虑，不如说是为争一口气。凭这么个博士，光杆儿博士，就能把自己所不敢希望的，或光是希望而决得不到手的，都能三言五语的拿到，他真有些不平！事业，婚姻，都得让博士一头；建华凭哪点弱于姓文的？只是缺少博士这两个字！

最使他难过的，还是他自己女儿的不顺从。她不但拒绝了博士，还把杨家的事告诉了博士，似乎故意的教唐先生既得不到博士女婿，也做不上公主的公公！

他不想为文博士去出力。文博士做了驸马，决不会有他自己什么好处，至多落一桌谢席，戴上朵大红花，做做媒人而已。专员已让给他，驸马又被他拿了去，唐先生这口气不好往下咽！

心中越不平,脸上的笑纹就更有增加的必要;只有他自己明白他是笑,还是哭呢。但是不能老这样的笑,他已觉出来笑纹已像些粥汁干在了脸上,他必须说点什么。且支应一句再讲吧:

"杨家不过是个卖药的。"

文博士笑起来:"唐先生,何必呢!你知道焦委员的计划,和我们留学生的身份。你管不管吧?"

"好的!"唐先生点了头。他知道杨家那位小姐的底细。这点知识教他迟疑不决,不敢冒冒失失的给建华身上拉她,虽然杨家的金钱与势力是不应当漠视的。现在文博士既然明白的说出,他心里又把她详细琢磨了一会儿,好吧,干她的去吧,唐家要不起她;假若她将来糟在博士手里,那决不是他的过错;而且必定得糟,假若这回事儿而能不弄得一塌糊涂,那么姓文的这小子也就太走运了。只希望它糟,糟得没法撕拉,因为它必糟,所以他答应下给文博士去办,这是帮忙,也是报仇,一打两用,好吧,给他办就是了:"我愿把丑话说在前面,文博士,事情呢并不难,事情的好坏可不能由我负责。这是你嘱托我办的,我只管成不成,不管好不好,是这样不是?"

"只要能成就好!"文博士非常的坚决。在他想,唐先生的话里所暗示的也许是说杨家的密司长得差一点。这不成问题,多少多少阔人的太太都并不漂亮。太太并不能使人阔起来,太太的钱才是真正有用的东西。再说呢,有了钱,想玩漂亮的妇女还不容易。他觉得连看看都不必，成了这段事便有了一切，太太不过是个饶头，像铺子里买东西赠茶碗一样，根本谁也不希望那是顶好的磁器。"唐先生给分分心就是了，一切都出于我的情愿！"借题发挥，他把博士就是状元，应当享受一切的那一大套，又都说给唐先生听。

"好的！好的！"唐先生说不出别的来，心中的不平，与等着看文博士的笑话的恶意，把他的话都拦在心里，像一窝毒蜂似的围在了一处。好容易等博士发挥完了，他问了句："这两件事要一齐办？"

"当然！当然！"文博士仿佛很赏脸，拿唐先生当了个义仆似的。"还不止两件，第三件也得分分心——那个。"他用食指与拇指捏成一个圈。"为那件事情，得先预备两套衣服；到杨家去，也得预备衣服，是不是？"

"可是事情也许不成？"唐先生的笑纹有点发僵。

"我的资格准够，准够；况且杨家是必须去的！""好不好，这次由你给焦委员封信？他未必回信，可是总算是备了案；我就好交代了。"

"也好！和焦委员还熟，也不能老为难你，是不是？""是的，那么我听你的信就是了。"唐先生随着这句又拱起手来，表示告辞。

文博士只送到门口，说了声"拜托"。唐先生独自摸索着下了楼。

回到家里，唐先生心中空空虚虚的，好像没吃饱似的那么不得劲。他不愿再想文博士的事，可是心里横着一股恶气，恶气当中最黑的那一点是文博士。

建华与树华都没在家；唐先生想对个人数唠一顿，出出气；只好找振华，虽然心中还恨着她。气憋得真难过，他到底找了她去。振华正在屋中给树华打毛线的手套，低着头，两手极快而脸上极安静的在床沿上坐着，见父亲进来，她微一抬头笑了笑。"在哪里吃的饭，爸？"又低下头去做活。他看了看女儿，心中忽然一阵难过，不是怒，不是恨，不是气，而是忽然来到的一点没有什么字可以形容的难过。"哼，文博士请的。"

"他没提我？"她把手套放下，想去给父亲倒碗茶。"不喝！"他摇了一下头。"文博士决定要到杨家去。""正好；据我看，咱们不必管他的事。这么大年纪了，你何不多休息休息，多给他们劳神才合不着。"

唐先生半天没说出话来，那点难过劲儿碰到她这两句话，仿佛是正碰得合适，把妒恶别人的怨怒变成一些可以洗手不管的明哲，他似乎看清了一点向来没见到的意思：唯其自己在种种的限制中勉强扎挣，所以才老为别人修路造桥；别人都走过去，他自己反落在后边。久而久之，他就变成了公认的修路工人，谁都可以叱呼他，命令他，而且自己就谦卑的，低声下气的，忍受，服从。假若他不肯这样白受累呢，谁知道，人们许照样的有路可走；不过，至少也得因为没有他这样的工人而受点别扭。有让路的才能显出打道的威风，假若有个硬立住不动的人，至少也得教打道的费点事，不是吗？他想到了这一点。这一点使他恨振华的心思改为佩服她，亲爱她，并且自己也觉到一种刚强的，自爱的，自尊的，精神。

可是，他只想到了这么一点。

"爸！"振华微笑着，可是眼睛钉住了他："你要是能休息休息，心中清楚一些，从新用对新眼睛看看这些事，你就必能后悔以前做的那些事够多么空虚，文博士们够多么糊涂。我说空虚与糊涂，还不仅是劝你不再做那样的事，招呼那样的人。我是说，那样的事，那样的人，根本是这个腐臭社会的事与人都该，都该……"她不愿再说下去，因为唐先生的眼中已经露出点害怕的样子。

唐先生能想到他自己的委屈，与自己的不便再为他人作嫁。他可是不能再往深里想，他根本不能承认这个社会腐臭。他以为女儿是——由拒绝文博士起，到现在这一段话为止——有点，有点，还不是别扭，是有点，他想不出个恰当的字来。他只觉得可怕。这点惧意教他又疏远了女儿，不想去劝她，也不想完全了解她。他隐隐的想到，女大当嫁，应当赶快把她嫁出去。可是她的婚事显然的又不很容易干涉与安排。他感到些腻烦，疲倦："睡去；节下不放假呀？""不放。"她也露出点倦怠，把手套拿起来看了看，又放下了。

# 第十一章

　　唐先生若是不管点什么闲事，心中就发痒痒；他到底把文博士介绍到杨家去。

　　进到杨家，他以为是到了女儿国。

　　杨家现在最有身份与势力的女人是五十多岁的一位老太太，她的年纪虽不很老，可是辈数高，已经有一群孙子。她的大儿子——杨家现在的家长——和她的岁数差不多，因为她是姨太太而扶了正的。她的丈夫去世的时候，她还不到三十岁。既经扶了正，而又能守节，手中又有不少财产，所以她的威权越来越高，现在似乎已经没人敢提她原是姨太太，甚至于忘了她是姨太太。

　　杨家现在有五六门都住在一处。在这位老太太之下，还有几位独霸一方的太太们，分别统辖着姨太太，姑娘，和少奶奶们。此外，各门中还有出了阁而回到娘家来的寡妇，和穷亲戚家来混三顿饭吃的姑娘与老太太。还有，男人借口出外去发展，而本意专为把不顺眼的太太扔在家里守活寡；不过这种弃妇可不算很多，除了吃饭的时候也不大爱露面。无论怎说吧，把这些妇女凑在一块儿，杨家没法儿不显着女多于男，很有些像法国。等到男人们都不在家，而大一点的男孩再都上了学，这一家子就至少像个女戏班子。

杨家的男人们虽然也有时候在家中会客，可是他们的交际多数还是在酒馆饭店与班子里；在这些地方他们更能表现出交友的热诚，和不怕花钱。就是打牌，他们也是到班子里去。偶尔有些重要的谈话与交涉，既没工夫到班子里去，也不到吃饭的时候，他们宁可上澡堂子，泡上顶好的"大方"，光着屁股，吸着烟卷，谈那么一会儿，也不肯把友人约到家中来。到家中来，他们至多能给客人一些茶点，怎样也不如在澡堂子里花钱多，在澡堂子里，事情说完，友人也顺手儿洗了澡，刮了脸，有湿气的还可以捏了脚，这才显出一点实惠。

在家中招待的男客，差不多只有常来往的亲戚与文博士一类的人；不过，这种客人统由杨家的妇女招待，男人们不大管这宗事儿。杨家的男人们晓得文博士这类宾客的来意，所以知道怎样的疏远着他们，等到妇女们把这样的宾客变成了杨家的亲戚。他们再过来打个招呼，既省事，又显着给妇女们一些做事的机会。

在招待这样的客人上，杨老太太当然立在最前面。文博士第一次来到杨家，便朝见了她。

杨家一共住着五六十间房，分成五个院子。当中的院落是杨老太太的。院子虽多，可是各处的消息很灵通，每逢文博士这样的客人来到，各院中的女人马上就都预备来看看与听听。看，自然是看客人了；听，是听听杨老太太的语气。不错，大家都有自己的一点意见，可是杨老太太的话才是最有分量的。

假若她与客人说得来,她们之中才能有最喜欢的,与次喜欢的,还有专为将要有点喜酒吃而喜欢的。客人的模样与打扮是她们所要看看的,可不是她们所最注意的,她们最注意杨老太太的神色。她要是喜欢,她们才敢细看客人,即使客人的模样与打扮差点劲儿,她们也将设法去发现他的长处与特色。反之,她要是不喜欢,根本不用再看了,完事。她们所望来个漂亮的少年,还不如盼望杨老太太正心平气和那么恳切。他与她们的关系全凭杨老太太那一会儿的脾气如何。谁也不准知道她什么时候发脾气,所以客人一到就使她们大家的心跳。

　　文博士的确有点好运气。他朝见杨老太太的时候,正赶上她叫来两个"姑娘"给捶腰。杨家的人都晓得"姑娘"们最会把老太太逗喜欢了,因为"姑娘"们的话能钻到老太太的心中去,而把心中那些小缝子都逗到发麻。况且,若是用话还逗不笑老太太,她们还会唱些普通妇女不会,也不肯,唱的小曲儿什么的。杨老太太是姨太太出身,而又很早的便守了寡,现在虽然已经五十多岁,可是那一肚子委屈并不因为年岁而减少。她爱听班子里的"姑娘"们说点唱点,使自己神精上痛快一会儿。有许多"姑娘"们是她的干女儿。干女儿们给她轻轻捶着腰,唧唧咕咕的说些她以为不甚正当而很喜欢听的话儿,她仿佛觉得年轻了一些,闭着眼微叹,而嘴角挂上点笑意。在这种时候,她最欢迎青年的男客;一点别的意思没有——她五十多了——只是喜爱他们。好像跟青年男子谈那么一会儿就能弥补上她自己生命中所缺乏的一些什么。

杨老太太的脸色好像秋月的银光。脸上并不胖，可是似乎里面没有什么骨头，那一层像月色的光儿仿佛由皮肤上射出，不胖而显着软乎乎的，既不富泰，又不削瘦，似乎透明而不单薄。脸上连一个雀斑，一道皱纹，也没有。最使人难测的是那两只眼，几乎像三角眼，可是眼角不吊吊着，没有一点苦相。看人和东西，有时候是那么轻轻的一扫，由这里扫到那里，不晓得她要看什么，也没人知道她到底看见了什么；有时候她定住眼，定在人的脸上，直仿佛要打一个苍蝇时那么定住，眼珠极黑极亮，就那么呆呆的定着，把人看得发毛咕，而她却像忘了看的是什么。而后，她会忽然一笑，使人不知怎样好。一笑的时候，露出些顶白顶齐的牙来，牙缝儿可是很大，缝隙间的黑影一道一道的与白牙并列，像什么黑白相间的图案似的，非常的好看。忽然一笑，忽然的止住，赶紧又向四下轻快的扫一眼，或把黑眼珠钉在一个物件上或一个人的脸上。她的眼神与笑似乎是循环的，互相调剂的。在这个循环运动里，她仿佛无意中的漏露了一点身世的秘密——她没法完全控制住原先当太太时的轻巧与逢迎，又要变着法儿把现在的太太身份与稳重拿出来。像马戏场中走绳的，她自己老在那儿平衡自己的身手，可是看着的人老替她担着心。

杨老太太刚吃完两口烟，在床上歪歪着，她的干女儿玉红——粗眉大眼胖胖的，有二十四五岁，北方人——用两个胖拳头轻轻的给她捶着腰和腿；另一个干女儿银香——一个二十上下岁的南妓——斜跨着床头，手在老太太头上轻碎的捶着。

一边捶着，二人东一句西一句的，南腔北调的，给老太太说些不三不四的故事与笑话。看老太太不大爱搭碴儿了，银香的手更放轻了些，口中哼哼着一支南方的小曲，轻柔婉转的似乎愿把老太太逗睡了。

正在这时节，文博士到了。

老太太被两个"姑娘"捶得浑身轻松，而心中空空的，正想要干点什么不受累而又较比新鲜一些的事，那么接见一位向来没见过的青年男子似乎就正合适。她传令接见，赶紧穿上了件新袍子，脸上还扑上了一点儿粉。扶着玉红和银香，她慢慢地走到堂屋来。

文博士穿着新洋服，新黑皮鞋，戴着雪白的硬领与新得闪眼的花领带。在等老太太慢慢走出来的工夫，已经端了几次肩膀，挺了几次胸脯，拉了几次裤缝，正了几次领带；觉得身上已没有一点缺陷，他设法把最好的神气由心中调到脸上来：似笑非笑，眉毛微向上挑，眼睛看着鼻尖，自己觉得既庄严，又和蔼，而且老成之中显出英俊。大概一位大使去见一位皇后，也不过如是，他想。

见了老太太他把准备好了的礼节忽然的忘了，"咚咚"的向前迈了两步，右手伸了出去。老太太没伸手。他的脸"轰"的一下，红了多半截，赶紧往回杀步，弯下腰去鞠躬，尺寸没拿匀妥。头几乎顶住她的胸。玉红和银香转过脸去，唧唧的笑起来。

"坐！坐！"老太太的眼钉住文博士的鼻子，似乎很喜这个愣小子。

坐下，文博士疑心自己的鼻上也许有个黑点什么的，急忙掏出绸子手绢擦了擦，然后模仿着西洋人那种净鼻子的声调与气势，左右放炮，很响的鸣了两炮。两个妓女又笑起来。他摸不清这两个姑娘是干吗的。她们的态度与打扮使他怀疑，可是他想不到她们——如果是妓女——会来陪着杨老太太一同会客。她们的笑使他更加怀疑，也更想不出适当的办法。极快的他决定了，礼多人不怪，不管她们是干什么的，反正多鞠上一躬总不致有多大错儿。他立起来向她们打了个招呼。她们不敢笑出声来，可是把下巴扎在元宝领儿里去，脸都憋得发了红。文博士莫名其妙的又坐下了，挣扎着端起架子，仿佛没事儿似的，可是心中非常的不得劲。杨老太太用黑眼珠由他扫到她们，张着点嘴，好像看见点新奇而有趣的事似的。"把我的小茶壶拿来！"她告诉玉红而后问文博士："贵处啊？"

文博士告诉了她，四川人，新由美国回来。

老太太愣了一会儿，然后向银香点了点头："多么远的道儿呀！多么不容易呀！"她的口音虽然不完全像山东的，可也不十分像北平的，有点儿侉，可是并不难听。

听到这两句赞叹，文博士把脊背挺得更直了。玉红把小茶壶拿来，一手搯着壶，一手把一杯极香的茶放在文博士身旁的小红木几上。

给客人倒老太太自用的小茶壶是，杨家的人都晓得，一种特别的恩宠。所以,玉红敬了茶之后,屋里开始增加人数。有从正门进来的,有从东间溜出来的,有从西间轻轻走进来的,还有仿佛不知是由哪儿进来而忽然立在老太太身旁的,妇人不多,几乎都是姑娘:有老的,也有小的;有胖的,也有瘦的;有的缠足,有的放脚,有的穿着高跟鞋;有的梳头,有的剪发,有的留着长辫子;有的低着头进来,直到立在老太太身旁才和旁人一吐舌头;有的大模大样的向客人点一点头;有的要向客人点头而又不好意思,一别头,噗哧一笑。

　　文博士的头上冒了汗。他不招呼她们吧,有点失礼;招呼她们吧,她们的态度与礼节又是那么不一律,简直没法儿对付。更难堪的是他坐在那儿,明知道大家都看怪物似的看他,而还得撑着劲作为没这么回事儿。他的美国办法与美国知识一点儿也拿不出来,只能僵不吃的在那里坐着。越坐着越难堪,她们都咬着耳朵批评他呢:有的偷愉的指他的鞋,有的看他的鼻子一眼而拉拉旁边的人的袖子一下,有的不敢抬头而捂着嘴一劲的笑。

　　可是,他不肯走,他甘心愿意在这儿僵着。第一,他以为一家子里能有这么多只讲吃穿而不作事的女子,不用说,必是个大富之家。那么,他是来对了地方,决不能因一时的难堪而放弃了这么好的门路。第二,他还不晓得这里的哪位女士是唐先生要给他介绍的那一个;他得使点心路,设法探问出来,以便决定进退。万一她真长得像个驴似的呢,他应当回去想想再说。这么决定好,他开始运动眼珠,假装是看屋里的陈设与字画，可是眼角把所有的姑娘都扫了一眼。没有什么特别好看的，也没有什么特别难看的，他心中很难过，他几乎想看见个丑得出奇的，而且就是他的将来的太太；娶个奇丑的女子多少也有些浪漫味儿吧？他不喜欢这平凡的一群。

杨老太太和客人应酬了几句之后，叫玉红和银香出主意，干什么玩？一边跟她俩商量，她一边用眼扫着文博士，仿佛表示出她哄着客人玩，或是客人哄着她玩，都是最好的办法；除了玩一会儿，她想不出再好的招待方法与更正当的交际。她就像个老小孩子，一个什么也知道而专好玩的老小孩子。

商议了半天，老太太决定打牌。"来吧，文先生！"老太太并没征求客人的同意，而且带出决不准驳回的神气。

文博士没敢表示任何意见，他决定听天由命。钱，他没带着多少；但是不能明说。输了，就很糟；可是因此就更不能露出自己的弱点。打牌，他认为不是什么正当的娱乐；可是今天他不能不随和。他决定先把老太太伺候好了再说，不管她怎样，不管这一群女的怎样，反正她们有钱，他是找到了金矿，不能随便的走开！

# 第十二章

　　文博士的牌打得很规矩。可是他打不出劲头来：上家是玉红，下家是银香，对门是杨老太太；六只瞟着瞭着的眼睛，使他安不下心去。是的，由那两位"姑娘"的口中，他知道了她们是老太太的干女儿。但是他纳闷，为什么老太太单要这样的干女儿呢？他憋闷得慌。由这点事情上，他怀疑到自己的婚事。他始终还没认出哪位女郎是唐先生所提到的。他急于要看见她，看看她是否像杨老太太这么随便的和妓女们交往。他的心简直的没法都放在自己的牌上。假若那位杨女士也是那么随随便便呢，他该当怎办？能够随便的放弃了她吗？不，她大概不能这样。她一定不是面前这些女子中的任何一个，她是正经地道的小姐，一定是还没出来。真希望她出来；不出来可也好，小姐是不能轻易出来见个生人的……翻来覆去的这么乱想，他的牌只能维持住应有的规矩，一点不见精彩。两圈过去，他还没有和一把；手中的筹码渐渐地少起来。他知道自己的皮夹里是怎样的空虚，不能输，输了就当场出彩；这是头一次到杨家来！根本就不应当坐下，为什么这样好说话呢？可是，不这样随和，怎能更进一步的去求婚呢？万一输了呢？乱，乱，他几乎忘了补牌！

这点难过，这点迷乱，使他把过去的苦处都想了起来。他很想"哗啦"一下子，把牌推开，堂堂的男子汉，谁能哄着三个娘儿们玩这套把戏呢？可是，不能这样办，决不能！谁知道这里有多少好处呢？况且是只须陪着她们玩，就能玩出好处呢！忍耐一些吧！他劝告着自己：等把钱拿到手里再说。把这个机会失掉，只能怨自己性子太急，"文博士，请忍耐一些！"他心中叫着自己。

眼前似乎亮了一些，随手抓来张好牌，把精神全放在牌上去，心中祷告着：这把要是和了，事情就一定有希望！转了两轮，果然把牌和出来了！他不由的笑了。不在乎这一把牌，他笑的是为什么这样巧呢，单单刚一祷告就真和出来！有希望，有希望！洗牌的时候，他的手碰上了银香的，银香瞭了他一眼。他心里说，哪怕唐先生给介绍的就是银香，他也得要。钱是一切，太太只是个饶头，管她是谁呢，管她怎样呢！

不错，按着美国规矩，就凭这个博士学位，他应当去恋爱，由恋爱而结婚，组织起个最美满的小家庭，客厅里摆着沙发地毯与鲜花。可是，美国的规矩得在美国才能行得通呀，而这是中国。在中国，博士得牺牲了爱情，那有什么法儿呢，反正毛病是在中国，文博士没错儿。对的，扣着这张白板！愣吊单，也不撒手它！"白板？单吊！"文博士推了牌，眼睛发了光。

又抓好了牌。文博士正在审查这一把的情势，而大概的决定怎样打法，玉红站了起来："来吧！"文博士赶紧把眼由牌上移开，顺着玉红的眼线往外看。银香也赶紧立起来："打我这一手吧！"文博士似乎还没看清楚这个使她们都立起来的女子，她就仿佛是个猫，不是走，而是扶一把椅子，又扶一把桌子，那么三晃两晃的已来到玉红的身旁，轻快而柔软，好像她身上没有骨头似的，在玉红身旁略一喘气儿，她的腰一软，斜坐在椅子上，扫量了文博士一眼，她极快把眼放到牌上去。

"这是文博士。"杨老太太打出张牌来，向那个女的说。她抬了抬眼皮，似看见似没看见的，大概的向他一点头，身儿还斜着，伸手去安插牌。

"六姑娘，"杨老太太似乎是向文博士介绍，眼睛并没离开牌。

六姑娘轻快而又懒洋洋的转正了身。

文博士几乎又忘了他的牌，设法调动自己的眼睛去看这位六姑娘；大概就是她吧？他心中猜想。由玉红与银香的态度上，他看出来，六姑娘一定有些身份，大概就是她！六姑娘大概有二十一二岁。脸上的颜色微微的有点发绿，可是并不算不白。一种没有什么光泽的白，白中透着点并不难看的绿影。皮肤很细，因为有点发绿，所以并不显着润。耳目口鼻都很小，很匀调，可是神气很老到。这细而不润，白而微绿，娇小而又老到的神气，使人十分难猜测她的性格与脾气。她既像是很年轻，又像是很老梆，小鼻子小眼的像个未发育成熟的少女，同时撇嘴耸鼻的又像个深知世故的妇人。她的举动也是这样，动作都很快，可是又都带出不起劲的神气，快似个小孩，懒似个老人，她仿佛在生命正发展的时期而厌烦了生命，一切动作都出于不得已似的。她实在不能算难看。可就是软软的不起劲。她的衣服都是很好的材料，也很合时样，可是有点不甚齐整，似乎没心程去整理；她的领扣没有系好，露着很好看的一段细白的脖子。她不大说话，更不大爱笑。打了两三把牌，文博士才看到她笑了一回，笑得很慢很懒。一笑的时候，她露出一个短小的黑门牙来，黑亮黑亮的极光润。这个黑牙仿佛定在了文博士的心中，他想由她的相貌与服装断定她的人格，可是心中翻来覆去的只看到这个黑牙，一个黑的，黑而又光润，不但是不难看，反倒给她一些特别的娇媚，像白蝴蝶翅上的一个黑点。由这个牙，他似乎看出一点什么来，而又很渺茫不定，她既年轻又老到，既柔软又轻快，难到她还能既纯洁又有个污点，像那个黑牙似的吗？他不敢这么决定，可是又不敢完全放心，心中很乱。他想跟她谈一两句话，但是不知道叫她什么好："杨女士"似乎很合适，可是不知道为什么他不肯用这个称呼。"六姑娘"，他又叫不出口。

六姑娘的牌打得非常的快，非常的严，可是她似乎并没怎样注意与用心。一会儿她把肘放在桌上，好像要趴着休息一下；一会儿她低头微微闭一闭眼，像是发困，又像是不大耐烦，嫌大家打得太慢似的。

文博士觉得已经把她看够，不好意思再用眼盯着，于是又开始把精神都放在牌上去。随着看一张地上的牌，他无心的看了她一下，她正看着他呢，出着神，极注意而又懒洋洋的看着他。他与她的眼光碰到一处,她一点也不慌不忙,就那么很老到的,有主意的,还看着他;他倒先把眼挪开了。文博士觉得非常的不得劲儿。六姑娘这个老到劲儿绝不像个少女所应有的;或者她缺着点心眼,或是有什么心病?又过了一会儿,她的肘又放在桌子上,好像写字的时候那么一边思索一边写似的,她歪着点头,出神的看着他。这么愣了一会儿,忽然她一笑,极快的用手腕把牌都推倒了,她和了牌。她的肘挪开了,好去洗牌,可是她斜过身,来把脚伸到他这边来:穿着一双白缎子绣花的鞋。

打完八圈牌,文博士输了九块多钱。大家一点不客气的把钱收下了,连让一让也没有。他一共带着十块钱,把牌账还清,他的皮夹里只剩下了些名片。可是他并没十分介意这个,他一心净想把六姑娘认识清楚了。她立起来,身量并不很矮,但是显着矮,她老像得扶着什么才能立得稳,身子仿佛老蜷着一些,假若她旁边有人的话,她似乎就要倒在那个人身上,像个嫩藤蔓似的时时要找个依靠。一手扶着桌角,她歪歪着身儿立着,始终没说话。文博士告辞,杨老太太似乎已经疲倦,并没留他吃饭,虽然已到了吃饭的时候。看他把帽子戴好,六姑娘轻快而柔软的往前扭了两步,她不是走路,而是用身子与脚心往前揉,非常的轻巧,可是似乎随时可以跌下去,她把文博士送出来,到了院中,文博士客气的请她留步,她没说什么,可是眼睛非常的亮了,表示出她还得送他几步。到了二门,她扶住了门,说了句:"常来玩呀!"她的声音很小很低,可是清楚有力,语声里带出一些希冀,恳求,与真挚,使人觉出她是非常的寂寞,而真希望常有客人来玩玩。

文博士的心中乱了营。六姑娘的模样没有什么特别美好的地方,他知道自己不能对她一见倾心,像电影里那些恋爱故事似的。论她的打扮,虽然很合时样,可是衣服与人多少有点不相陪衬:假若她是梳着辫子,裹着脚,或者更合适一些。就是衣服的本身,似乎也不完全调和,看那双白缎子鞋——妓女们穿的;把这都摆在一边,他到底看不清她是怎回事。她寂寞?那么一大家子人,又是那么阔绰自由,干吗寂寞?缺点心眼?她打牌可打得那么精?他猜不透。但是,无论怎样猜不透她,他似乎不能随便的放弃了她。这使他由纳闷而改为难过。以他的身份说,博士;六姑娘呢,至多不过是高中毕业。这太不上算了,他哪里找不到个大学毕业生呢?把资格且先放在一边,假若真是爱的结合,什么毕业不毕业的,爱是一切;可是他爱这个六姑娘不爱呢?她使他心中不安,猜疑,绝谈不到爱。怎办呢?

不过,杨家的确是富!他心中另找到个女子:有学问,年龄相当,而且相爱,可是没有钱,假若有这么女士,他应当要谁呢?他不能决定。他必须得赶紧决定,不能这么耽搁着。要谁呢?他闭上了眼。还是得要六姑娘,自己的前途是一切,别的都是假的;有钱才能有前途!

这么决定了,他试着步儿想六姑娘的好处。不管她的学问,不管她的志愿,只拿她当个女人看,看她有什么好处。

她长得不出色，可是也看得过眼，决不至于拿不出手去。况且富家的姑娘，见过阵势，她决不会像小家女儿那样到处露客（切）。她的态度，即使不惹人爱，也惹人怜：她是那么柔软，仿佛老需要人去扶持着，搂抱着。她必定能疯了似的爱她的丈夫，像块软皮糖似的，带着点甜味儿粘在他身上。他眼中看到了个将来的她，已经是文博士夫人的她：胖了一些；脸上的绿色褪净，而显出白润；穿上高跟鞋，身上也挺脱了好多；这样的一位太太，老和他手拉手的走着，老热烈的爱他，这也就够了。太太总是太太，还要怎样呢？况且一句话抄百宗，她必定能给他带来金钱与势力；好，就是这样办了！假若这件事有个缺点，就是缺少点恋爱的经过，他想。不过，这容易弥补。约她出来玩玩好了；即使她不肯出来，或是家中不许她出来，他还可以常常找她去；只要能多谈几回话儿，文博士总会把恋爱的事儿做得很满意的。这么着，他又细细的想了想，就什么也不缺了，既合了美国的标准，又适应了中国的环境；既得到了人，也得到了金钱与势力。他决定过两天还到杨宅去。

## 第十三章

　　是的，文博士急于要找个地位。可是，也不是怎么的，他打不起精神去催唐先生。他的心似乎都放在杨家了。落在爱情的网中？他自己不信能有这么回事。噢，不错，杨家的钱比地位还要紧；可是，头一次去拜访就输了九块多！按这么淌下去，淌到那儿才能摸到底儿呢？他几乎不明白自己是怎么回子事了。寂寞，真的；他愿找个地方去玩玩。但是，这不是玩的时候；至少他应该一面找地方去玩，一面去帮助唐先生办那回事。打不起精神去找唐先生；是的，杨家的六姑娘确是像块软皮糖，粘在他的口中，仿佛是。只要他一想动作，就想找她去。不是恋爱，可又是什么呢？假若真是恋爱，他得多么看不起自己呢？就凭那么个六姑娘；不，不，绝不能是恋爱。文博士不是这么容易被人捉住的。他有他的计划与心路……无论怎么说吧：他一心想再到杨家去。为爱情也好，为金钱也好，他觉得他必须再去，至不济那里也比别处好玩。杨家的人那种生活使他羡慕，使他感到些异样的趣味，仿佛即使他什么也得不到，而只能做了杨家的女婿，他也甘心。杨家的生活不是他心目中的理想生活，但是他渺茫的想到，假使把这种生活舒舒服服的交给他，他愣愿意牺牲他的理想也无所不可。这种生活有种诱惑力，使人软化，甘心的软化。这种生活正是一个洋状元所应当随手拾得的，不费吹灰之力而得到一切的享受，像忽然得到一床锦绣的被褥，即使穿着洋服躺下也极舒服，而且洋服与这锦被绝没有什冲突的地方。

他又上了杨宅。

这回杨老太太没大招呼他。有钱的寡妇，脾气和夏云似的那么善变，杨老太太的冷淡或和蔼是无法预测的。她生活在有钱的人中，但是金钱补不上她所缺欠的那点东西！所以她喜欢招待年轻的男客人，特别是在叫来"姑娘"们伺候着她的时候。"姑娘"们的言语行动使她微微的感到一些生趣，把心中那块石头稍微提起来一点，她觉到了轻松，几乎近于轻佻。可是，"姑娘"们走了以后，她心中那块石头又慢慢落下来，她疲倦，苦闷，仿佛生命连一点点意思也没有，以前是空的，现在是空的，将来还是空的。在这种时候，她特别的厌恶男人；以前她那个老丈夫给她留下的空虚与郁闷，使她讨厌一切男人。她愿意迷迷糊糊的躺着，可怜自己，而看谁也讨厌。她的脾气，在这时候，把她拿住，好像被个什么冤鬼给附下体来似的。

由唐先生所告诉他的，和他自己所能观察到的，文博士知道他第一须得到杨老太太的欢心；给她哄喜欢了，他才能有希望做杨家的女婿。这次，她是这么冷淡，他的心不由得凉了些。走好呢，还是僵不吃的在那儿坐着呢？他不能决定。这么走出去，似乎很难再找个台阶进这个门；不走，真僵得难过。

杨家的男人，显然的没把他放在眼中，遇上他，只点一点头就走过去，仿佛是说："对了，你伺候着老太太吧，没我们的事！"那些女人呢，除了杨老太太，似乎没有一个知道怎样招待他的，她们过来看看他，有的也问他一半句无聊的话，如是而已。

杨老太太陪客人坐了一会儿，便回到自己的屋中去，连句谦虚话儿也没说，文博士偷偷的叹了口气。

他刚想立起来——实在不能再坐下了——向大家告辞，六姑娘进来了。她今天穿上了高跟鞋，身上像是挺脱了一些，虽然腰还来回的摆动，可是高跟鞋不允许她东倒西歪的随风倒。假若她的腰挺脱了些，她的肩膀可是特别的活动，这个往上一端，那个往歪里一抬，很像电影上那些风流女郎，不正着身往前走，而把肩膀放在前面，斜着身往前企扈。她很精神：脸上大概擦了胭脂，至少是腮上显着红扑扑的，把那点绿色掩住；嘴唇抹得很红，可是依然很小，像个小红花菁葵；眼放着点光，那点懒软的劲儿似乎都由脸上移到肩膀臂上去，可是肩膀与胳臂又非活动着不足以表示出这点绵软劲儿来，所以她显着懒软而精神，心中似乎十分高兴。文博士第一注意到，她今天比上次好看了许多。不错，她的那点红色是仗着点化妆品，可是她的姿态是自己的；这点姿态正是他所喜欢的：假若她是由看电影学来的，电影正是他心中的唯一的良好消遣，不，简直可以说是唯一的艺术。第二，他注意到她的高兴与精神。她为什么高兴？因为他来了，他可以想象得到。正在这么窘的时候，得到一个喜欢他的人，而且是女人，他几乎想感激她。冲着她，他不能走。不管这是爱不是，不管她到底是怎样的人物，他不能走。况且，假若不是为爱情，而是为金钱，他才来到杨家受这份儿吧，那么就把爱拿出一点来，赏给这个女人，也未必不可。把金钱埋在爱情的下面，不是更好看些么。更圆满些么？对，他等着看她怎么办了。他心中平静了好多，而且设法燃起一点儿爱火来。

她一闪似的就走到他的面前，临近了，她斜着身端起一个肩膀来，好似要请他吃个馒头，圆圆的肩头已离他的嘴部不很远了。他习惯的，伸出手来，她很大方的接过去握了握。屋中老一些的女人们把眼都睁圆了，似乎是看着一幕不大正当而很有意思的新戏。

六姑娘的眼光从文博士的脸上扫过去，经过自己的肩头，像机关枪似的扫射了一圈；大家都急忙的低下头去。仿佛爽性为是和她们挑战，她向文博士说了句："这里来吧！"说完，她在前引路，文博士紧跟在后边，一齐往外走。她的脊背与脖梗上表示出：这里，除了杨老太太，谁也大不过她自己去；文博士也看出这个来，所以心中很高兴。

她一边往东屋走，一边说："这里清静，我自己的屋子！"

文博士想——按着美国的规矩——这似乎有点过火；刚见过两面就到她自己的屋中去。可是，他知道事情是越快越好；他准知道六姑娘是有点爱他，而她又是这么有威风与身份，好吧,虽然忙中往往有错,可是这回大概不会有什么毛病,既是已看清她的身份与用意。

一进东屋,文博士就看出来,这三间屋都是六姑娘的,因为桌椅陈设和北屋完全不同,都是新式的,而且处处有些香粉味。这又让他多认识了些她的身份。看着那些桌椅与摆设,他也更高兴了些。杨老太太屋中的那些也许可值钱,更讲究,可是他爱这些新式的东西,这些新式的东西使他感到舒适与亲切。北间的门上挂着个小白帘子,显然是她的卧室。外边的两间一通联,摆着书橱,写字台,与一套沙发。他极舒适的坐在了沙发上,身下一颤动,使他恍惚的想起美国来,他叹了口气。

六姑娘来到自己的屋中,似乎又恢复了故态,通身都懒软起来。刚要扶着椅背坐下,她仿佛一滚似的,奔到书橱去,拿出本绿皮金字的小册子来:"给写几个字吧!"

文博士要立起来,到写字台那里去写,她把他拦住了:"就在这里吧!"说完,她一软,就坐在了他旁边。"写什么呢?"文博士拿下自来水笔,轻轻的敲着膝盖。"写几句英文的,"她的嘴几乎挨到他的耳朵,"你不是美国的博士吗?"

文博士从心里发出点笑来:"杨女士有没有个洋名字?""中国名字叫明贞,多么俗气呀!外国名字叫丽琳,还倒怪好听。"她的声音很微细,可是很清楚,也许是挨着他很近的缘故。

文博士很想给她写两句诗,可是怎想也想不起来,只好不住的夸赞:"丽琳顶好!电影明星有好几个叫这个名字的!""你也爱看电影吧?"

"顶喜欢看!艺术!"

"等明儿咱们一同去看,我老不知道哪个片子好,哪个片子坏;看完之后,常常失望。"

"对了,等有好片子的时候,我来约密司杨,这我很内行!这么着吧,我就写一句电影是最好的艺术吧?"

"不论什么都行!"

他翻了翻那小册子,找到一张粉色纸写上去。

丽琳拿出匣朱鸪绿糖来,文博士选了一块,觉得好不是劲儿。在美国,在恋爱的追求期间,是男人给女子买这种糖。现在,礼从外来,他反倒吃起她的糖来,未免太泄气。可是,她既有钱,而他什么也没有,只好就另讲了。

有糖在口中,两个人谈的更加亲近甜蜜了许多。文博士看明白,她敢情不是不爱说话,而是没找到可以交谈的人。在谈话中间,文博士很用了些心思,探听丽琳的一切;她呢,倒很大方,问一句说一句,非常的直爽简单。自然,她也有不愿意直说的话,可是她的神色并没教他看出来她的掩饰。他问她的资格,她直言无隐的说她只在高中毕过业。这倒不是她不愿意深造,而是杨家不喜欢儿女们有最高的教育与资格,因为有几个得到这样资格的,就一去不回头,而在外边独自创立了事业,永远不再回来。杨家因此不愿意再多花钱造就这种叛徒。她很喜欢求学,无奈得不到机会。这个,文博士表示出对她的惋惜，也能十分的原谅她。同时，他也看得很明白：杨家不是没钱供给子弟们去到外国读书，而是怕子弟们有了高深的学问与独立的能力，便渐次拆散了这个大家庭。自家的子弟既不便于出洋，那么最方便的是拉几个留学生做女婿。这点，他由丽琳的神气上就能看得出来；她是否真愿去深造暂且可以不管，她可是真羡慕个博士或硕士的学位。她有了一切，就缺少这么个资格。把这个看清，他觉得这真是个巧事，他有资格而没钱，她有钱而没资格；好了，他与她天然的足以相互补充，天造地设的姻缘。

他又试看步儿问了她许多事，她所喜欢的也正是他所喜欢的，越说似乎越投缘。在最初来到杨家的时候，他以为这个大家庭必定是很守旧，即使婚姻能够成功，他也得费许多的事去改造太太，把她改造成个摩登女子。现在，听了丽琳这些话，他知道可以不用费这个事了，她是现成的一个摩登女子，像一朵长在古旧的花园中的洋花。他几乎要佩服她了。她既是这么个女子，就无怪乎她好像饥不择食似的这么急于交个有博士学位的男朋友，不是她太浪漫，而是因为她不喜欢这个旧式的大家庭。这么一想，他以为就是马上她过来和他接吻，也无所不可了。他是入了魔道，可是他以为自己很聪明，很有点观察的能力，所以怎么看怎么觉得这是件最便宜最合适的事。在她屋中坐了一点多钟，吃了四五块朱鹄绿糖，他仿佛已经承认他与她有了不可分离的关系，由着他的想象把她看成个理想的伴侣，把他最初所看到的她的缺点都找出相当的理由去原谅。

杨老太太大概是又忽然高了兴,打发个女仆过来请文博士与六姑娘到上屋去打牌。文博士有点为难。伺候老太太是,他以为,这场婚事过程中必须尽到的责任,他不能推辞。可是,手里是真紧,一块钱也是好的,何况一输就没准儿是多少呢。自然,用小虾米钓大鱼,不能不先赔上几个虾米;怎奈连这几个小虾米都是这么不易凑到呢!他一定是真动了点心,他的眼微微有点发湿。

丽琳的眼简直的没离开文博士的脸,连他的眼微微有点发湿也看到了。"哟,你怎么了?"

博士晓得须扯个谎:"你看,我……"他叹了口气,"我看你这样的娇生惯养,一大家子人都另眼看待你;我呢,漂流在外,这么些年了,相形之下,有点,有点感触!""你就在这儿玩好了,天天来也不要紧,欢迎!咱们陪老太太玩会儿去;输了,我给你垫着,来!"她摸出三张十块钱的票子来,塞在他的口袋里。

"不!不!"文博士明知这点钱极有用,可是也知道假若接收下,他便再也没个退身步儿,而完全把自己卖出去。"捣什么乱,快来!"她一急,几乎要拉他的手,可是将要碰到了他的,又收了回去。

文博士低着头往外走,心里说:"卖了就卖了吧,反正她们有钱,不在乎!"

# 第十四章

秋天的济南，山半黄，水深绿，天晴得闪着白光，树叶红得像些大花。温暖，晴燥，痛快，使人兴奋，而又微微的发困。已过重阳，天气还是这么美好。

文博士把对济南的恶感减少了许多，一来是因为天气这样的美好，二来是因为丽琳已成为他的密友。他一点也不觉得寂寞了。济南一切可玩的地方，她都领着他逛到。许多他以为是富人们所该享受的，她都设法儿教他尝一尝。他已经无法闲着，因为她老有主意，而且肯花钱。这样惯了，他反倒有点怕意，假若没有了她，他得怎样的苦闷无聊呢？这样惯了。他承认了她该花钱，他应白吃白玩，一点也不觉得难堪了。他似乎不愿去再找事谋地位了，眼前的享受与快乐仿佛已经很够了似的。假若他还有时候想到地位与谋事，那差不多是一种补充，想由自己的能力与金钱把现在的享受更扩大一些，比如组织起极舒服极讲究的小家庭，买上汽车什么的。这么一想，他就有时候觉得丽琳还差点事，没有受过高等教育，模样也不顶美，假如他能买上汽车，仿佛和她一块儿坐着就有点不尽如意。可是，他能否买上汽车还是个问题；不，简直有点梦想。那么，眼前既是吃她喝她，顶好是将就一下吧。谁知道自己的将来一定怎样呢，已到手的便宜似乎不便先扔出去吧？况且，丽琳又是那么热烈，几乎一天不见着他都不行。见着他以后，她没多少可说可道的，可是几乎要缠在他身上——在他俩第三次会面的时候，她已设法给了他一个吻。她既这样，他似乎没法往后退，没法再冷淡，只好承认这是恋爱的生活。在他睡不着的时候，他屡屡的要怀疑她，几乎以为她是有点下贱，或是有点什么毛病。可是一见了她，他便找到很多理由去原谅她，或者没有工夫再思想而只顾了陪着她玩。在和她玩的时候，他不能不偶尔拿出一点热情来，他不能像握着块木头似的去握她的手，也不能像喝茶时候拿嘴唇碰茶杯似的去吻她。不，他总得把这些做得像个样子。惯了，他没法再否认他的热情，良心上不允许他否认已做过的事。他有点迷糊。一心的想在这件事上成功，而这里又是有那么多几乎近于不可能的事儿，不敢撒手，又似乎觉得烫得慌，他没了办法。他看的清清楚楚，不久，她一定能和他定婚。拒绝是不可能的，接受又有点别扭。没法不接受，只能这么往下硬淌了。那天，陪着杨老太太打牌，打到了半夜，他觉得非常的疲倦；杨老太太劝他吃口烟试试，他居然吸了一口。虽然不甚受用这口烟，可是招得大家都对他那么亲热，他不能不觉到一点感激；他是谁？会教大家对他这么伺候，爱护着。虽然他反对吃烟，可是这到底是一种阔气的享受；他不想再吃。但是吃一口玩玩总得算领略了高等人的嗜爱与生活。假若这个想法不错，那么他便非要丽琳不可了，她是使他能跳腾上去的跳板。再说呢，这些日子他已接受了不少他所不习惯的事：济南来了旧戏的名伶，丽琳便先买好了票而后去约他。他一向轻视旧戏。可是看过几次之后，有丽琳在一旁给他说明，他也稍微觉出点意思来。丽琳自己很会唱几句，常常用她那小细嗓儿哼唧着。他开始怀疑自己的反对旧戏也许是一种偏见，这点偏见来自不懂行。这么一怀疑自己，他对一切向来不甚习惯的事都不敢再开口就批评了，恐怕再露客（切）。富人们的享受不一定都好，可是大小都有些讲究；他得听着看着，别再信口乱说。这不是投降，而是要虚心的多见多闻，作为一种预备，预备着将来的高等生活。以学问说，他是博士，已到了最高的地步，不用再和任何人讨教；以生活说，他不应当这样自足自傲。是的，无论怎么说，自己的身份满够娶个最有学问的女子，丽琳不是理想的人物；但是她有她的好处，她至少在这些日子中使他的生活丰富了许多，这样总得算她一功。天下恐怕没有最理想的事吧？那么，她就是她吧，定婚就定婚吧，没别的办法，没有！

有一天，文博士和丽琳在街上闲逛。她穿着极高的高跟鞋，只能用脚尖儿那一点找地，所以她的胳臂紧紧的缠住了他的，免得万一跌下去。街上的人越爱看她，她似乎越得意，每逢说一个字都把嘴放在他的耳旁，而后探出头去，几乎是嘴对嘴的向他微笑。设法藏着，而到底露出一点那个黑而发光的牙。

唐振华从对面走了来。文博士从老远就看见了她。躲开她吧，不合适；跟她打个招呼吧，也不合适。他不知怎的忽然觉得非常的不得劲。又走近了几步,她也认出来他,并且似乎看出他的不安与难堪来,很巧妙的她奔了马路那边去。文博士拉着丽琳假装看看一家百货店的玻璃窗里摆着的货物,立了一会儿,约莫着振华已走过去,才又继续的往前走。他心中很乱。振华与丽琳在他心中一起一落,仿佛是上了天秤。振华没有可与丽琳比较的资格,凭哪样她也不行。可是,忽然遇上她,教他开始感觉到丽琳的卑贱。振华的气度与服装好像逼迫着他承认这个。他若是承认了丽琳卑贱,便无法不也承认自己的没出息。振华的形影在他心里,他简直连呼吸都不畅快了,他堵得慌。

可是,他知道他已不能放下丽琳。那么,他只好去恨恶振华。本来没有什么可恨恶她的理由,但是不这样他就似乎无法再和丽琳亲密。振华的气度与思想教他惭愧,教他轻看丽琳。他回过头去,把振华的后影指给了丽琳:"那个,唐先生的女儿,别看长得不起眼,劲儿还真不小呢!"他笑起来。本想这么一笑,就能把刚才那一点难堪都抛除了去,可是笑到半中腰间,自己泄了气,那点笑声僵在了口中,脸上忽然红起来。同时,丽琳把手由他的胳臂上挪下来,两个小黑眼珠里发出一点很难看的光儿来。他开始真恨振华了。

他不敢责备丽琳的心眼太小,更不愿意向她求情,可是她两三天没有搭理他。他吃不住了劲。为是给自己找一点地步,他认为这是她真爱他的表示,因爱而妒,妒是不大管情理的。好吧,他是大丈夫,不便和妇女斗气,他得先给她个台阶。经他好说歹说，她才哭了一阵，哭着哭着就笑了。

她不能不笑，因为她已经把他拿下马来。她没有理由跟他闹，她也并不怀疑振华，她只是为抓个机会给他一手儿瞧。她肯陪着他玩，供给他钱花，她也得教他知道些她的厉害。吻与打两用着，才能训练出个好男人来，她晓得。在闹过这一场之后，她特别的和他亲热，把他仿佛已经拴在了她的小拇指上随意的耍弄着。他也看出这个来，可是一点办法没有，自己为的是钱，那还有什么可说的呢？反之，他倒常常往宽处想：自己要个有钱的女子，竟自这么容易的得到，不能不算有点运气，那么，小小的拌两句嘴，又算得了什么呢！要达目的地便须受行旅的苦处，当然的！

过了几天，他又在街上遇着了振华。因为他是独自走着，所以跟她打了个招呼。

"文博士，"她微微一笑，"老些日子没见了。父亲正想找你谈一谈呢。为那个差事，他忙极了，他要找你去，看看你还有什么门路没有。父亲办事专靠门路！"

"一半天我就到府上去，我也没闲着，事情当然是！"他忽然截住了下半句。

"——门路越多越好？"她又笑了一下，"好，改天见！"

他没还出话来。说不出来的他要怎样恨这个女人，她的话永远带着刺儿；为什么一个女的会这样讨厌呢！他猛的唾了一口吐沫，像一出门遇上个尼姑似的那么丧气。

她的讨厌还不止于说话难听,一遇上她,他就马上想用另一种眼光去从新估量丽琳的价值。在这个时候,他能很冷酷的去评断,而觉得丽琳像条毒蛇似的缠上了他身上。自然,过一会儿,他又去找那条毒蛇,而把振华忘掉。可是,他不能完全放心了,他总想找出些丽琳的毛病来,不为别的,仿佛专为对得起良心。振华使他难堪,不安,惭愧,迷乱。他找不到丽琳的毛病,因为不敢去找,找到了又怎样呢?莫若随遇而安。可是,可是,振华的形影老在他心里闹鬼;他没法处置丽琳,只好越来越恨振华了。

文博士愿意知道而不敢寻问的是这么一点事:丽琳是个又聪明又笨的女孩子。正像个目不识丁而很会摆棋打牌的人,她的聪明都用在了生命的休息室中。在读书的时候,她就会跳舞,打扮,演戏!出风头,闹脾气,当皇后。她的钱足以帮助她把这些作到好处。在功课上,她很笨。在高小,初中,高中,她都极勉强的能毕业;与其说她能毕业,还不如说学校不好意思不送个人情。她很想入大学,可是考不上。她并不希望上大学去用功,而是给自己预备个资格,好能嫁个留学生之类的男人。钱,她家里有;富商们,她已看腻了;所以愿意要个留学生,或是有名的文艺家什么的。她的那点教育仅仅供给了她这么一点虚荣心。

除了这点教育,她的招数与知识十之八九得自电影与伤感的小说。她认为端着肩膀向男人们企扈最合规矩,一见面就互道爱慕最摩登;她的生活是一种游戏,而要从游戏中找到最动心的最高尚的快乐与荣誉；所做的都顶容易，低级；所要获得的都顶高尚，光荣。像夏天的一朵草花，她只有颜色而无香味。

这些，已足使她做个摩登的林黛玉，穿着高跟鞋一天到晚琢磨着恋爱的好梦。在高小的时候，她已经有许多同性的爱人，彼此搂抱着吃口香糖。到了中学，她已会暗地里写情书，信写得很坏，可是信纸顶讲究。富家出情种，这并不能完全怪她。可是，她并不像林黛玉那样讲情，她所想到的便要实地的尝试，把梦想的都要用手指去摸到。杨老太太时常叫来妓女给捶腰，丽琳有机会去打听些个实际的问题。所以，她的梦不完全是玫瑰色的幻想，而是一种压迫，因压迫而想去冒险。她不是浪漫诗人心中的白衣少女，她要一些真切的快乐。闻着自己身上的巴黎香水与香粉味儿，她静静的，又急躁的，期待着一些什么粗暴的袭击，像旱天的草花等着暴雨。

杨家不断地有留学生来，可是轮不到丽琳，她是"六"姑娘。从虚荣心上说，她只好忍耐的等着，她必须要个有外国大学学位的青年。可是，她一天到晚无事可做，闲得起急，急躁使她甚至要把理想抛开，而先去解决那点比较低卑的要求与欲望，她请求杨老太太给她聘一位教师，补习功课，好准备考大学。来了位大学还没毕业的姓朱的，给她补习英文算学。这位朱先生长得很平常，年岁可是不大。几乎是他刚一进门，丽琳就捉住了他。不久，她便有了身孕。

身孕设法除掉了。她自己并不喜爱朱先生。她既没意思跟他，杨家的人也就马马虎虎把他辞掉，他们知道自家的姑娘不是为个大学学生预备的。

文博士来得很是时候。在丽琳的眼中，男子都相差不很多，只须有个学位便能使她自己与杨家的全家点头。况且，文博士虽然不十分漂亮，可是并不出奇的难看呢。不，他不但是不难尽，在她眼中他还有点特别可爱的地方。这并不是她爱与不爱，而是她由电影中看出来的。电影片中那些老实的规矩的丈夫，正像他，全是方方正正的，见棱见角的，中等的身材，衣裳挺素净，说话行事都特意的讨人喜欢……文博士有这项资格，那么电影上既都是这样，丽琳便想不出怎能不喜欢他的道理来。再一说呢，即使这个标准不完全可靠，他也不见得比以前来过的那些留学生难看，丽琳准知道她的二姐丈——留法的生物学家——长得就像驴似的，不过还没有驴那么体面。博士硕士并不永远和风流英俊并立，她早看清楚了。她不能放手文博士，即使他再难看一点也得将就着，她不能再等。况且，再等也未必不就等来个驴或猴子。就是他吧。她的理想，虚荣，急躁，标准，贞纯，污浊，天真，老辣，青春，欲望，娇贵，轻狂，凝在一处，结成一个极细密的网，文博士一露面就落在网中了。自然文博士以为这是步好运。

# 第十五章

　　唐先生几乎把吃奶的力量都使出来了。自中秋后，到重阳，到立冬，他一天也没闲着。他的耳朵就像电话局，听着各处的响动；听到一点消息，他马上就去奔走。过日子仔细，他不肯多坐车，有时候累得两腿都懒的上床。不错，他在表面上是为文博士运动差事，可是他心中老想着建华。他是为儿子，所以才卖这么大的力气；虽然事情成了以后，文博士伸手现成的拿头一份儿，可是他承认了这是无可如何的事，用不着发什么没用的牢骚。他知道大学毕业生找事的困难，而且知道许多大学毕业生一闲便是几年，越闲越没机会，因为在家里蹲久了，自己既打不起精神，别人——连同班毕业的学友——也就慢慢地把他忘掉，像个过了三十五岁的姑娘似的。唐先生真怕建华变成这样的剩货。哪怕建华只能每月拿五六十块钱呢，大小总是个事儿；有事才有朋友，有事才能创练，登高自卑，这是个起点。唐先生为儿子找这个起点，是决不惜力的，这是做父亲应尽的责任。给建华找上事，再赶紧说一房媳妇，家里就只剩下振华与树华还需要他操心了，可也就好办多了。对杨家的六姑娘，唐先生已死了心；建华的婚事应当另想办法。这个决定，使他心中反觉出点痛快来。假若他早下手，六姑娘未必不能变成他的儿媳妇。虽然杨家的希望很高，可是唐家在济南也有个名姓；虽然建华没留过洋，到底也是大学毕业。唐先生设若肯进行，这件事大概总有八九成的希望。即使建华的资格差一点儿，可是唐先生的名誉与能力是杨家所深知的，冲着唐先生，婚事也不至不成功。可是，他没下手，而现在已被文博士拿了去。去她的吧，她的娇贵与那点历史，唐先生都知道，好吧，教文博士去尝尝吧！想象着文博士将来的累赘，唐先生倒反宽了心；不但宽心，而且有点高兴，觉得他是对得起儿子。把这件事这么轻轻的，超然的，放下，他一心一意地去进行那个差事。这个，只许成功，不许失败。成功以后，那就凭个人的本事了。文博士能跳腾起去呢，好；掉下去呢，也好。唐先生不能再管。建华呢，有唐先生给作指导，必会一帆风顺的做下去，由小而大，由卑而高，建华的前途是不成问题的。这么想好，他几乎预料到文博士必定会失败，虽然不是幸灾乐祸，可是觉得只有看到文博士的失败才公道，才足以解气。好了，为眼前这个事，他得拼命帮文博士的忙，因为帮助文博士，也就是帮助建华。事情成了以后，那就各走各的了，唐先生反正对得起人，而不能永远给文博士作保镖的。

那个将要成立的什么委员会有点像蜗牛，犄角出来得快，而腿走得很慢。委员既都是兼职，自然大家谁也不十分热心去办事，而且每个委员都把会里的专员拿到自己手中，因为办事的责任都在专员身上，多少是个势力；即使不为势力，到底能使自己的人得个地位也是好的。大家彼此都知道手里有人，所以谁也不便开口,于是事情就停顿下去。争权与客气两相平衡,暂且不提是最好的办法。

唐先生晓得这个情形,所以他的计划是大包围:直接的向每个委员都用一般大的力量推荐文博士。然后间接的,还是同样的力量,去找委员们的好朋友,替文博士吹嘘;然后,再用同等的力量,慢慢地在委员们的耳旁造成一种空气,空气里播散着文博士的资格,学问,与适宜做这个事。一层包着一层,唐先生造了一座博士阵。这个阵法很厉害:用一般大的力量向各委员推进,他们自然全不会挑眼。他们自己手里的人既不易由袖中掏出来,而心目中又都有个非自己的私人的第三者,自然一经提出来,便很容易通过。他们还是非提出来个人不可,事情不能老这么停顿着,况且四外有种空气,像阵小风似的催着他们顺风而下。在这阵小风里刮来一个人,比他们所要荐举的私人都高着许多,他们的私人都没有博士学位;为落个提拔人才的美名,博士当然很有些分量。

这个大包围已渐次布置完密;用不着说,唐先生是费了五牛二虎的力量。难处不在四面八方去托人,而是在托得恰好合适,不至于使任何一角落缺着点力量,或是劲头儿太多;力气一不平匀,准出毛病。所以,每去见一个人,他要先计算好这个人的分量原有多么大,在这件事情上所需要他的分量又是多么大。这样计算好,他更进一步的要想出好几个这样的人来,好分头去包围全体委员。好不容易!

不过,不管多么困难吧,阵势是已经摆好。现在他只缺少一声炮号。他需要个放炮的人，炮声一响，文博士与建华便可以撒马出阵了。他一想便想到焦委员。假若焦委员能在此时给委员会的人们每人一封信，或一个电报，都用同样的话语，同样的客气；阵式已经摆好，再这么从上面砸下件法宝来，事情便算是没法儿跑了。他想跑一趟，去见焦委员。

可是，他又舍不得走，假若自己离开济南，已摆好的阵势万一出点毛病呢！谨慎小心一向是他的座右铭。况且，即使事情不能成功，这个阵势也不白摆，单看着它玩也是好的，就如同自己作的诗，虽然得不到什么报酬，到底自己哼唧着也怪好玩。什么事情都有为艺术而艺术的那么一面儿，唐先生入了迷。打发建华去吧，又不放心；会办事的人没法儿歇一歇双肩，聪明有时候累赘住了人，唐先生便是这样。既然不放心建华，他就更不放心文博士。文博士，在唐先生心中，只是个博士而已，讲办事还差得许多呢！振华是有主意的，可是唐先生不肯和她商议；近来他觉得女儿有点别扭。她老看不起他的主张与办法，他猜不透她是怎回子事。大概是闹婆婆家呢，他想。好吧，等把建华的事办完了，再赶紧给她想办法，嗐！做父亲的！他叹了口气。

恰巧，焦委员赴京，由济南路过。唐先生找了文博士去，商议商议怎样一同去见焦委员。火车只在济南停半点钟，焦委员——唐先生打听明白——又不预备下车，他们只能到车上见他一面，所以得商量一下；况且想见焦委员的人绝不止于他俩，他俩必须商议好，怎样用极简单而极有效的言语，把事情说明，而且得到他的帮助。要不然，唐先生实在不想拉上文博士一同去。

见了文博士，唐先生打不起精神报告过去的一切。为这件事的设计他自信是个得意之作，对个不相干的人他都想谈一谈；唯独见了振华与文博士，他的心与口不能一致，心里想说，而口懒得张开。他恨文博士这样吃现成饭，他越要述说自己的功绩，越觉得委屈。所以，他莫若把委屈圈在肚子里。

也幸而他没悦，因为文博士根本不预备听这一套。文博士已和丽琳打得火热，几乎没心再管别的事了。在初到杨宅去的时候，他十分怕人家不接受他。及至见着丽琳，而且看出成功的可能，他又怀疑了她，几乎想往后退一退。赶到丽琳把他完全捉住，他死了心随着她享受，好像是要以真正的爱去补救与掩饰自己来杨宅求婚的那点动机。丽琳给了他一切，他没法再管束自己，一切都是白白拾来的，那么遇上什么就拾什么好了，他不能再去选择，甚至不再去思索，他迷迷糊糊的像作着个好梦。他已经非及早的与她定婚不可了，定婚就得结婚，因为他似乎已有点受不了这种快乐而又不十分妥当的生活，干脆结了婚，拿过钱来，好镇定一下，想想自己的将来的计划吧。他相信丽琳必有很多的钱，结婚后他必能利用她的钱去做些大的事业。这样，丽琳的诱惑与他的甘心追随，把他闹得糊糊涂涂的；那点将来用她的钱而做些事业的希望，又使他懒得马上去想什么。所以，他差不多把唐先生所进行的事给撂在了脖子后头，既没工夫去管，也不大看得起它；他现在是度着恋爱的生活，而将来又有很大的希望，谁还顾得办唐先生这点小事呢！

唐先生提到去见焦委员。噢，焦委员，文博士倒还记得这位先生，而且觉得应当去见一见，纵然自己浑身都被爱情包起来，也得抽出点工夫去一趟。事情成不成的没多大关系，焦委员可是非见不可。焦委员是个人物，去见一见，专为他回来告诉丽琳一声也是好的。他很大气的，好像是为维持唐先生似的，答应了车站去一趟，至于见了焦委员，应当说什么话，那还不好办，随机应变，用不着多商议。他觉得唐先生太啰里啰唆，不做个成大事的人。

文博士的神气惹恼了唐先生。唐先生是不大爱生气的人，而且深知过河拆桥并不是奇怪的事，不过他没想到文博士会变得这么快，仿佛刚得了点杨家的便宜，就马上觉得已经是个阔人了似的。连唐先生也忍不住气了。唐先生给了他一句："婚事怎样？"

文博士笑了，笑得很天真，就像小孩子拾着个破玩具那样："丽琳对我可真不错！告诉你！唐先生，我们就要定婚，不久就结婚，真的！一结婚，告诉你，我就行了！我先前不是说过，留学生就是现代的状元，妻财禄位，没问题！定婚，结婚，还都得请你呢，你是介绍人呀；你等着看我们的小家庭吧！以我的知识，她的排场，我敢保说，我们的小家庭在济南得算第一，那没错！你等着吧，我还得求你帮忙呢。那什么，"他看了看表，"就那么办了，车站上见，我还得到杨家去,到时候了,丽琳等着我看电影去呢!去不去,唐先生?"

唐先生的鼻子几乎要被气歪了,可是不敢发作,他还假装的笑着,说:"请吧,我没那个工夫,也没那个造化!""外国电影,大概你也看不明白!连丽琳先前都有时候去看中国片,近来我算把她矫正过来了,而且真明白了怎样欣赏好莱坞的高尚的艺术。教育程度的问题!好,再会了,车站上见!"

唐先生气得不知道怎样的走到了家。他甚至于想到从此不再管这样的人与这样的事。振华确是说对了:何不休息休息呢,为这种穿着身洋皮儿的人去费心费力干吗呢?!可是,到底还是得去费心费力,不为别人,还不为自己的儿子么?有什么办法呢!

看完了电影,文博士为是没话找话说,把和唐先生会面的事告诉了丽琳。她晓得焦委员,并且为表示自己的聪明,她还出了个主意:"达灵,你去,要不然我去,找卢平福一趟,教他去见见焦委员;他去比你去还强,他顶会办事了。你看我的烟土什么都是由他给买,他什么也会。他结婚的时候还是焦委员给证的婚呢!达灵!咱们结婚请谁证婚呢?""至不济也得像焦委员,那没错!"文博士并不认识一位这样的人,可是话不能不这么说;为是免得她往下钉他,他改了话:"你看,笛耳,这个事值得一做吗?""焦委员给运动的事就值得做,卢平福原先走他的门子,现在还走他的门子。咱们不为那个事,还不为多拉拢拉拢焦委员?是不是?达灵!"

文博士非常的佩服丽琳这几句话。并不是这几句话怎样出奇的高明，而是他觉得大家闺秀毕竟不凡：见过大的阵势，听过阔人们的言谈，久而久之，自然出口成章，就有好主意。这不是丽琳有多么高的聪明，而是她的来派大，眼睛宽。假若看电影他须领导着她，那么这种关系阔人们的事他还真需要她的帮助。这样，不论她有多少缺点，反正为他自己的前途设想，她的确是个好的帮手，不信就去问问振华看，她要有半点主意才怪！别的暂且全放在一边，就凭这一点，你就得去迷恋丽琳。这他才晓得了什么叫作出身，和它的价值。对的，大家子弟，到底是另一个味儿，这无可否认。状元可以起自白丁，可是做宰相的还得是世家出身。他自己这个状元，需要个公主给他助威。他不能不庆贺自己的成功。一迈步就居然走上了正路，得到丽琳。那么，也就没法子不更爱她了；他把"笛耳"改成了"笛耳累死驼！"

## 第十六章

　　车站上许多人等着见焦委员。文博士与唐先生的名片递上去，还没等到传见，车已又开了。

　　唐先生脸上的笑纹改成了忧郁的折叠，目随着火车，心中茫然。火车出了站，他无可如何的叹了口气。他直觉的晓得自己苦心布置的阵势，大概是一点用也没有了。

　　文博士心中可是有了老底，他知道卢平福必能替他把话说到，他自己见不见焦委员并没多大的关系了。他急于回去找丽琳，去吻她，夸奖她。越感激她，他心中越佩服自己——假若自己没有眼光，怎能会找到她呢？找到她便是找到了出路，一种粉红色的道路，像是一条花径似的，两旁都是杜鹃与玫瑰。

　　卢平福见着了焦委员。会见的时候，恰巧有位那个什么委员会的筹备委员也在车上，卢平福也认识他。卢平福一开口推荐文博士，焦委员微微的向那位筹备委员一点头，筹备委员马上横打了鼻梁，表示出极愿负责。

　　卢平福下车，那位筹备委员也跟下来："卢会长！文博士的事交给我了！可是，有个小小的要求：族弟方国器——方国器，请记清楚了！——托我给找事不是一天了。文博士若是专员，他手下必须用个助手，方国器——方国器，请记清楚了！——就很合适。一言为定，我们彼此分心就是了！"卢平福点了头。

找到文博士，卢平福把方国器交代过去。

文博士点了头。

不多的几天，文博士与方国器的事都发表了。

文博士的薪俸是每月一百八十元，另有四十块车马费。他不大满意。就凭一位博士，每月才值二百二十块钱，太少点！可是丽琳似乎很喜欢，他有点莫名其妙：以她的家当而把二百多块钱看在眼里？能吗？不，不能是为这点钱。她必是，他想，愿意他大小有个地位，既是博士，又是现任官，在结婚的时候才显着更体面，更容易和杨家要陪送。是的，她一定是为这个，这么一想，他快活了许多。先混着这个事吧，结婚以后再想别的主意。他想应当早结婚。明年元旦就很合适。结婚以后，有了钱，有了门路，也许一高兴还把这个专员让给唐建华呢。他不承认自己有意骗唐先生，因为事情虽然是由唐先生那里得到的消息，可是到底是由卢平福给运动成功的；那么，把建华一脚踢开，而换上方国器，正是当然的。唐先生自己应该明白这个，假若他是个明白人的话。不过呢，唐先生未必是个明白人，这倒教文博士心里稍微有点不大得劲儿。好吧，等着将来自己有了别的事，准把专员的地位让给建华就是了。

又到了杨家一趟，他开始觉出自己的身份来。每到杨家来，他总是先招呼杨老太太一声，而后到丽琳屋中去。遇到杨老太太正睡觉，或是不大喜欢见客，或是出了门，他便一直找丽琳去，在杨老太太面前，他可以见着杨家许多人，可是谁也不大搭理他，有的是不屑于招待他，有的是不敢向前巴结。在丽琳屋中呢，永远谁也不过来，丽琳的厉害使大家不敢过来讨厌。现在可不同了，大家好像都晓得做了官，男的开始跟他过话，女的也都对他拿出笑脸来，仆人们向他道喜讨赏，小孩们吵嚷着叫他请客。有个新来的女仆居然撅着屁股给他请了个安："六姑爷大喜！"招得大家全笑了，他自己不由得红了红脸，可是心中很痛快。

这他才真明白了丽琳，丽琳的欢喜是有道理的。她懂得博士的价值，也懂得大家怎么重视个官职，她既是鸡群之鹤，同时又很能明白大家的心理，天赋的聪明！可惜她没留过学，他想；可是假若她留过学，也许就落不到他手中了。凡事都有天定，而且定得并不离，以他配她，正好！他怎么想，怎么看，都觉得这件事来得很俏。

仆人们讨赏，他没法不往外掏。请客，也是该当的，可得稍微迟一迟。对这两样事，他无论怎样可以独自应付，也应当独自应付，好给丽琳做点脸。

不过，一动自己的钱，仿佛就应该想一想，是不是从此以后，丽琳就把一切花费都推到他身上呢？若这是真的，他的心里颤了一阵！大概不能，她哪能是那样的人呢？把这个先放下，目前应花钱的地方还有许多：杨家的孩子们满可以不去管，就是被他们吵嚷得无可如何，至多给他们买些玩艺与水果什么的也就过去了。杨家的大人们可不能这么容易敷衍，无论如何他得送杨老太太一些体面的东西，得请主要的男人们吃一回饭。这些钱是必须花的。送了礼，请了客，那么婚事自然可以在谈笑中解决了。紧跟着便是定婚，戒指总得买吧，而且不能买贱的；哼，钻石的，将就能看的，得过千！即使能舍个脸，跟丽琳合股办这个，自己也得拿五六百吧？哪儿找这些钱去呢？定婚以后，自然就得筹备结婚。办场喜事，起码还不得一千块钱？即使小家庭的布置统归丽琳担任，办事的钱大概不能不由他出吧？至少他得去弄一千五百元，才能办得下来这点事。杨家不会许他穷对付，他自己也不肯穷对付。可是一千五百块钱似乎不会由天上掉下来。他有点后悔了，根本不应当到杨家来找女人，杨家花得起，而自己陪着都费劲哪！哪能不陪着呢，自己既是有了官职，有了固定的薪俸，他几乎有点嫌恶这个差事了；这不是出路，而是逼着他往外拿钱！

退堂鼓是没法打了。他与丽琳的关系已经不是三言两语便可以各奔前程。再说呢，事情都刚开了头，哪能就为这点困难而前功尽弃呢。反之，只要一过这个难关，他必能一帆风顺的阔起来，一定。看人家卢平福！卢平福若是借着杨家的势力而能跳腾起来，文博士——他叫着自己——怎见得就弱于老卢呢！是的，连老卢现在见了面，也不再提什么制造玩具，请他作个计划了，可见博士的身份已经被大家认清了许多。那么，让他们等着看吧，文博士还有更好的玩意儿呢，慢慢地一件件的掏给他们大家，教他们见识见识！

后悔是没用的，也显着太没有勇气。他开始想有效的实际的办法。对于定婚，他可以预支三个月的薪水。六百多块钱总可以支转住场面了。对于结婚，即使能做到与杨家合办，大概也得预备个整数；借债似乎是必不能免的。先借了债，等结婚后再拿丽琳的钱去还上，自己既不吃亏，而又露了脸，这是"思想"，一点也不冒险。就这么办了；不必再思虑，这个办法没什么不妥当的地方。浪漫，排场，实利，都一网打尽！没想到自己会这么聪明！一向就没怀疑过自己的本事，现在可才真明白了自己是绝顶聪明！

把这些决定了，他高高兴兴的去办公。心中藏着一团爱火，与无限的希望，而身体又为国家社会操劳服务，他无时无处不觉出点飘飘然要飞起来的意思；脸上的神气很严重，可是心里老想发笑，自己的庄严似乎已包不住心里那点浮浅的喜气。

委员会已过了唐先生所谓的"听说"的时期，而开始正式的办公，因为已有了负责办事的专员。委员会的名称是"明导会"。文博士是明导专员。委员们没有到会办事的必要，所以会所只暂时将就着借用齐鲁文化学会的地方。文博士恨这个地方，一到这儿来他就想起初到济南来的狼狈情形。为解点气，他一进门就把老楚开除了。老楚几乎要给文老爷跪下，求文老爷可怜可怜；他连回家的路费都筹不出来，而且回到家中就得一家大小张着嘴挨饿；文老爷不可怜老楚，还不可怜可怜小鱼子和小鱼子的妈吗？文博士横了心，为求办事的便利与效率，他没法可怜老楚，老楚越央告，他的心越硬；心越硬，越显出自己的权威。文博士现在是专员了。老楚含着泪把铺盖扛了走。

把老楚赶走，文博士想把文化学会的经费都拿过来，不必再由唐先生管理。可是心中微微觉得不大好意思，既没把建华拉到会中来，又马上把唐先生这点剩头给断绝了，似乎太不大方。暂且搁一两个月再说吧，反正这点事早晚逃不出自己的手心去。好吧，就算再等两个月吧。唐先生应当明白，他想，他是怎样的需要多进一点钱。这不是他厉害，而是被需要所迫。

老楚走了，去了文博十一块心病；不久就可以把文化学会的经费拿过来，手中又多少方便一些。他不再小看这个专员的地位了，同时也更想往上钻营；专员便有这么多好处，何况比专员更大的官职呢？是的，他得往上去巴结，拿专员的资格往上巴结，不久他——凭着自己的学位，眼光，与交际的手腕——就会层楼更上，发展，发展，一直发展到焦委员那样！

他开始去拜见会中那些委员。他的神气表示出来，你们虽是委员，我可是博士，论学问，论见识，你们差得多了！虽然他是想去巴结他们，可是他无心中的露出这个神气来。他自己并不晓得，可是他们看得清清楚楚。文博士吃亏在留过学，留学的资格横在他心里，不知不觉的就发出博士的洋酸味儿来。见了委员们，他不听着他们讲话，而尽量的想发表卖弄自己的意见与知识。可是他的意见都不高明。头一件他愿意和他们讨论的事是明导会的会所问题，他主张把那些零七八碎的团体全都逐开，就留下文化学会。然后里里外外都油饰粉刷一遍，虽然一时不能大加拆改，至少也得换上地板，安上抽水马桶，定打几张写字台与卡片橱等了。这些都是必要的改革与添置，都有美国的办法与排场为证。再其次，就是仆人的制服与训练问题。在美国，连旅馆的"不爱"都穿着顶讲究的礼服或制服，有的还胸前挂着徽章，做事说话，一切都有规矩；美国是民主国，但是规矩必须讲的。规矩与排场的总合便是文化。

委员们都见到了，他这片话越说越熟，连手式与面部的表情都有了一定的时间与尺寸。他自己觉得内容既丰富，说法又动人，既能使他们佩服他的识见，又能看明他的交际的才能，他非常的高兴。委员们心不在焉的听着，有的笑一笑没加可否，有的微微摇一摇头，提出点反对的意见：比如说，那个知音国剧社就没法儿办，因为在会的人都是有钱有势力人家的子弟，便为文博士愿意找钉子碰的话，就去办办试一试。

文博士以为事都好办，只是委员们缺少办事的能力，与不懂得美国的方法，所以把他的话作为耳旁风。他和丽琳说，和方国器说，她与他都觉得博士的主张很对。"你看，是不是？他们没到过外国，"博士热烈的向丽琳与方国器诉说，"根本没有办法，所以我有了办法也没用！我不灰心，我的方法还多着呢，慢慢地他们总有明白过来的那一天，哼！把委员们都送到美国去逛，先不谈留学，只逛上一年半载的，见识见识，倒还真是个办法呢！那个会所，那个会所！好，什么也不用说了，教育的问题！"文博士点着头，赞叹着，心里想好，而没往外说，幸而他们找到我这么个博士，不然的话。……